자전거 타는 남자

자전거 타는 남자

초판 1쇄 발행일 2021년 12월 23일

지은이 | 서지희
펴낸곳 | 도서출판 달의뒤편
펴낸이 | 이헌건
주　소 | 경기도 남양주시 진접읍 해밀예당1로 295 2401동 1004호
전　화 | 0505. 625. 7979
팩　스 | 02. 6007. 1725
등　록 | 제399-2021-000037호(2021. 06. 14.)

ISBN 979-11-87132-48-6 03810
값 14,000원

[달의뒤편]은 [도서출판 유심]의 임프린트입니다.

자전거 타는 남자

서지희 소설집

| 여는 글 |

소외된 이를 위한 헌사

등단으로부터 13년, 줄곧 써온 여러 작품 중, 첫 번째 소설집 출간을 위해 작품을 고르는 게 쉽지 않았다.

심리적 아픔 때문에 나를 찾아온 일터에서 만난 많은 사람들. 그 아픔의 본질은 상실 등 여러 상황이 있었지만 대부분 '소외'라는 말과 동의어에 다름아니었다. 그러면서 나는 자연스럽게 거대담론도 사라진 복잡다단한 현대를 살아가는 개인의 '소외'에 한동안 시선이 머물러 있었다. 그러므로 「자전거 타는 남자」, 「마술피리」, 「그 여자의 푸른나비」, 「데자뷔」까지 담긴 이번 소설집은 소외를 주제로 한 등단 초기작들이다.

그대 안의 푸른 나비

팬데믹 시대를 만난 우리, 그러나 어떤 상황에서도 계속해 살아온 인류의 위대함을 믿는다. 그러므로 나 또한 생의 길목에서 만나는 '마주침'의 기록을 소설을 통해 어제처럼, 오늘도 무던히 기록해 나갈 것이다. 쓰는 자의 지병, 부끄러움을 무릅쓰고 계속해 쓰는 건 내일, 글이 더 나아져 독자들께 티끌 같은 도움이라도 되길 바라는 응원을 멈출 수가 없는 이유이다. 나 또한 그 힘든 시간을 지나왔으므로.

보편성에서 소외됐다고 여겨 울던 어제의 나와 언제나 혼자라고 울던 너와 어디선가 배제된 서러움에 속울음을 울고 있을 우리에게 이 소설을 헌정한다. 나만 그런 게 아니었으니 이제 그만, 보편소외에 휘둘리지 말고 '보편과 특수'를 오가며 스스로의 '고유성'을 발견하길. 그리하여 '그대 안의 푸른 나비'가 평화롭게 날갯짓하기를 바라는, 쓰는 자가 할 수 있는 응원의 헌사로 독자들께 닿기를 바란다.

2021년, 겨울.

등단 13년을 갈무리하며. 서지희

목차

자전거
타는
남자

‘자전거의 페달을 밟아 앞으로 나아가듯 타성의
늪을 극복하는 데도 페달이 필요해’

「자전거 타는 남자」는 오랫동안 소설을 써오던 내게
'작가'라는 이름을 붙여준 작품이다.
작품 뒤에 그 당시 심사평과 당선소감이 실려 있다.

• • •

밤새 내리는 빗소리에 잠을 설친 그녀는 거실로 나와 커튼을 젖힌다. 창밖은 지독한 안개비에 젖어 있다. 우기로 접어든 지도 두 달이 지난 11월 하순이다. 이 나라의 P주에 온 지 2년. 이런 날은 어김없이 그녀의 우울지수도 치솟아 삶의 질이 최상이라는 도시에 살고 있다는 사실도 별로 위안이 되어주지 못한다. 서둘러 출근 준비를 마친 그녀는 주방으로 간다. 그녀 집에 머물고 있는 2층의 여학생과 아래층의 최도 일찌감치 집을 나선 거 같았다.

오늘부터 방을 빌리겠다고 전화했던 손님이 곧 도착할 거다. 커피메이커의 여과지를 새로 갈고 티스푼 두 개 분량의 분말을 담아 커피를 내린다. 금세 퍼지는 헤이즐넛 커피향으로 그녀는 기분이 다소 환기가 되는 느낌이다. 그녀는 커피가 든 컵을 든 채 테라스 문을 열고 정원을 내려다본다. 안개비는 어느새 굵은 빗줄기로 변해 있다. 약속한 시간에서 이미 삼십 분이 지나 있음에도 기다리는 손님은 오지 않는다. 곧 출근해야 할 시간인 그녀는 내심 초조해진다. 마침내 벨소리가 들리고 그녀는 창문을 내다본다. 집 앞에는 택시도 자동차도 보이지 않는다. 잘 못 들었던가 싶었던 벨소리가 다시 들려오자 그녀는 아래층으로 향하는 계단을 내려가 현관문을 연다. 문을 열고 방문객을 바라본 그녀는 놀라움을 감출 수 없다. 공항에서 전화하셨던 분이시죠? 그런데 저 비를 다 맞고 걸어오신 건가요? 네. 버스 정류장에서 꽤 먼 거리군요.

남자의 몸에서 물방울이 연이어 떨어져 내린다. 남자를 2층 거실로 안내한 그녀는 더운 차와 마른 수건을 내준다. 남자는 30대 후반의 어딘지 불안한 모습이다. 그녀는 남자의 모습이 어디선가 본 듯, 낯익다는 생각에 사로잡힌다. 방을 보여주시겠어요? 아, 네. 따라오세요. 트윈베드에 월 550달러입니다. 그녀는 아래층에 남아 있는 방 중 침대도 채광도 최상인 방을 보여준다. 방을 돌아보던 남자가 입을 연다. 저, 다른 방은 없을까요? 그녀는 남자의 손에 들린 낡은 배낭을 바라본다. 남자의 차림새로 미루어 보아 더 싼 방을 찾는 것이 분명했다. 저희는 그 아래 가격으로는 비어 있는 방이 없네요. 그녀가 말을 마치자 잠시 머뭇대던 남자가 말한다. 가진 것이 넉넉지 않아서요. 실례했습니다.

남자가 몸을 돌려 현관 쪽을 향한다. 그녀는 이미 지나버린 출근 시간과 비 오는 밖으로 남자를 내보내야 한다는 것에 마음이 불편해진다. 현관으로 가기 위해 복도를 지나던 남자가 갑자기 멈춰 서서 그녀에게 말한다. 이곳은 뭐죠? 여기도 방 같은데. 아, 거기요. 창고로 쓰는 곳이에요. 볼 수 있을까요. 거긴 쓰지 않는 곳이라서. 그냥 둘러보게만 해 주시죠. 남자의 말에 그녀는 마지못해 방문을 연다. 환기구도 없이 밀폐된 방의 문을 열자 냉기와 곰팡내가 끼쳐 온다. 방을 보고 난 남자는 막무가내로 그 방을 임대해달라고 한다.

히터는 물론 침대조차 없는 그곳을 어떻게 사용하겠다는 건지. 그녀는 남자의 차림새를 머리부터 발끝까지 살핀다. 그녀는 이런 부류의 사람들을 이곳에서 적잖게 경험했다. 한번 틈을 보여주면 어떻게든 비집고 들어와 자신의 영역을 넓혀가는 부류들. 마음 같아서는 당장에 남자를 내치고 싶었지만 무엇보다 완강하게 자기 의지를 관철시키려는 이 남자와 협상할 시간이 없다. 늦어도 아홉 시까지는 사무실 문을 들어서야 한다. 그녀가 움직여야 할 일정들이 빼곡히 칠판을 메우고 있을 것이다. 그녀는 순간, 남자가 그 방에서 버텨봐야 이틀일 것이라는데 생각이 미친다.

이미 몇 번 그런 선례가 있다. 그 방을 쓰겠다고 했다가 반나절 만에 짐을 싸 들고 나간 이들. 결국 그녀는 월 200달러에 그 방을 남자에게 임대한다. 지하실에서 쓰지 않는 매트리스를 두 개 가져다 포개놓고 그 위에 시트를 깔아준다. 아니 그 모든 일은 남자가 다 했다. 그녀는 시트만 내주었을 뿐이다. 창문조차 없는 그 방에 달랑 배낭 한 개에 노트북, 펜탁스 카메라가 전부인 짐을 내려놓는 남자의 움직임에 활기가 돈다. 남자의 성은 박 씨라고 했다. 그녀는 남자에게 집 안에서 지켜야 할 규칙 등을 일러주고 바쁘게 집을 나선다.

오늘은 본국에서 국회의원이 오는 날이다. 그녀는 행사장으로 가려던 발길을 돌려 국장의 말대로 공항으로 간다. 공항에 도착하니 오 의원은 이미 도착해 있다. 인삼아가씨까지 포함한 총 인원이 스무 명, 그중 수행기자만 열 명이 넘는다. 여기까지 와서 오 의원, 그를 만나게 되다니. 막상 오 의원과 얼굴을 맞닥뜨린 그녀는 잠시 멀미가 일 듯 현기증이 난다. 오 의원은 아무 의미 없는 웃음을 지으며 사람들에게 둘러싸여 있다. 그녀가 좌중을 돌아보는 동안 먼저 와 있던 리가 그녀에게 다가온다. 일간지 세 개, 정보지 두개, 라디오 방송국 하나가 전부인 이곳이다. 교민 행사나 그밖의 자리에서 번번이 마주치게 되던 리는 차가 없던 시절에 그녀를 몇 번쯤 집에 데려다 준 적이 있다. 리는 처음 만났을 때부터 어쩐지 그늘이 있어 보였다. 국장의 말로는 독재 시절 검사였던 리의 아버지는 어떤 사건에 휘말려 망명을 했다. 또한 그 때문에 사법고시 2차에서 몇 번의 낙방을 경험한 리는 한국 쪽으로 머리도 두고 싶어 하지 않는다고 했다.

“나라는 휘청휘청 다시 명예로운 순채무국이 되었는데 국회의원 관광길에 뭔 수행기자들이 저렇게 많나. 이삼일이면 끝날 일정도 길고,”

“수행원 한두 번 보는 것도 아니고, 어제 오늘 이야기가 아니잖아요.”

“하긴. 그래도 새삼 화나네. 지금이 어떤 판국인데. 우리나라만 어려운 것도 아니고, 강대국까지 경제대란인데. 그런데 윤 기자는 왜 얼굴이 그렇게 해쓱해요? 안 풀리는 거라도 있습니까? 요즘 그 방송국 잘 나가던데. 그게 다 윤 기자의 탁월한 마케팅 덕이라면서 너무 무리하는 거 아닌가.”

리의 말은 언제나 잘 나가다가 마치 럭비공처럼 튄다. 상대를 예민하게 반응하게 하지 않고는 한두 마디 이상 주고받기가 어려운 사람의 화법. 그녀에게는 종종 리의 그런 말들이 편치 않게 다가왔다. 그러나 말투와 달리 리에게 악의가 없다는 것을 알게 되기까지는 시간이 필요했다.

“그럴 일이 뭐 있겠어요. 그렇게 말하는 선배도 낯빛이 좋진 않아요. 말 좀 듣기 좋게 하면, 무슨 일 나나. 선배처럼 말하는 사람은 말로 인심을 잃는다고 어머니가 늘 말씀하셨는데. 이따 저녁에 오시죠. 거기서 봐요.”

방송을 뜨고 나자 의례적인 환영행사지만, 얼굴을 내밀어야 하는 기자 간담회에 늦고 말았다. 공식 일정이 끝나고 의원이 주최한 저녁 만찬에 들렀던 그녀는 일찌감치 자리를 빠져나온다. 오래 앉아 있다가는 수행기자들에게 붙들려 2차, 3차를 면하기 어려울 것이었다.

침대에서 눈을 뜨자 그녀는 습관처럼 창문의 커튼을 젖힌다. 그녀가 그렇게 고대하던 푸른 하늘이 펼쳐져 있다. 오랜만의, 어떤 색에도 쉽게 물들지 않을 거 같은 잉크빛 구름 한 점 없는 하늘에 그녀는 키스하고 싶은 심정이 된다. 안방에 딸린 샤워 부스에서 잇솔질을 하던 그녀는 오늘이 주중에 한 번, 방을 렌트하고 있는 사람들에게 아침을 제공해 주는 수요일 아침이라는 것을 기억해낸다. 손놀림이 빨라진다.

오디오 버튼을 눌러 앙드레 가뇽의 '바다 위의 피아노'를 불러낸 그녀는 주방의 냉동실에서 스테이크감을 꺼내 해동한다. 마늘과 오렌지즙 그리고 후추를 뿌린 양념에 고기를 잰다. 어제 퇴근길에 아침 메뉴를 위해 인도인 가게에서 장을 봐왔다. 남편이 본국으로 돌아가고 난 다음에 그녀는 대부분의 식품을 한국인 그로서리에서 배달시켰다. 대형마트에 쇼핑하러 가는 일이 어쩐지 엄두가 나질 않았던 것이다.

남편은 잘 지내고 있을까? 자신의 일 외에 집안일은 어떤 일도, 하물며 은행에 가는 것도 큰일인 듯 해내던 남편이 그녀 없이 이민 수속을 잘 하고 있는 것일까? 그녀는 소식이

더딘 남편에게 아침부터 신경이 쓰인다. 오늘 메뉴는 조개를 넣은 클램차우더 수프, 종종 썬 열무김치와 오렌지, 요플레를 마늘바게트에 얹은 카나페 그리고 가볍게 구운 쇠고기 산적이다. 그녀의 방과 면하고 있는 방을 쓰고 있는 여학생이 머리에 터번을 두르고 주방으로 나온다. 오늘 메뉴는 뭐예요? 수요일, 아침 식탁은 정말 기대가 돼요.

식탁 차리는 걸 거들며 여학생의 말은 계속된다. 정말 이 나라 음식은 즐겨 먹을 수가 없어. 도대체 햄버거까지 짠 건 어떻게 이해해야 해요? 여학생이 그녀의 집에 온 것은 지난 2월이었다. 박사학위 코스를 밟기 전에 부족한 영어공부를 위해 왔다는 여학생은 랭귀지스쿨에 등록했다. 이 집에서 가장 방문 목적이 분명한 여학생은 바지런하고, 성실하다. 주방에는 10인용 식당이 따로 설계돼 있다. 그녀는 모슬린 식탁보를 깔고 그 위에 사인용 식기를 세팅한다. 한 번의 망설임도 없는 익숙한 손놀림이다.

이 나라에 온 지 3개월 만에 그녀는 이 집을 임대했다. 아래층에는 거실과 식당, 욕실 그리고 일곱 개의 방이 있었다. 2층에는 안방과 거실, 서재, 식당, 손님용 방 그리고 두 개의 욕실이 있는, 대지만 200평이 넘는 규모였다. 남편의 만류에도 불구하고 그녀가 고집을 한 것은 하숙을 치거나 임대를 한다면 당장에 수익을 낼 수 있을 것이라는 생각 때문이었다. 처음엔 다소 만류하던 남편은 그녀의 의견을 따라주었다.

땅콩 소스에 버무린 채소샐러드를 끝으로 식탁차림은 끝이 난다. 그녀는 주방에 설치되어 있는 스피커폰을 통해 아래층 사람들을 불렀다. 창고방의 박이 제일 먼저 올라왔다. 그녀는 박이 한밤중에라도 올라와 숙소를 옮기겠다고 할지 모른다는 생각을 했었다. 그러나 그런 일은 일어나지 않았다.

잘 주무셨어요? 방은 춥지 않으셨나요? 그녀가 먼저 박에게 인사를 건넨다. 네, 괜찮았습니다. 그녀의 맞은편에 여학생이 앉고 최가 앉는다. 최가 그녀 옆에, 그 앞에 박이 마주 앉는다. 서로 인사하시죠. 그들은 각자 자기를 간단히 소개했다. 여학생은 20대 후반, 최는 30대 중반의 나이였다. 식사 제공은 안 하신다고 들었는데 초대해주신 건가요? 박의 말에 최가 대답했다.

"일주일 중 수요일만 스텔라 씨가 저희를 배려한 특별한 아침이죠. 이 산적은, 산적 맞죠? 제사 때 어머니가 해주시던 맛과는 달라요. 우리 와이프는 아직 뭘 해도 제 맛이 안 난단 말야. 비슷한 양념을 쓴 것 같은데 느끼하지도 않고. 맞아. 참기름을 안 쓰시는 것 같아. 그렇다고 스테이크 맛이 나는 것도 아니고. 연한 육질에 독특한 양념 때문인 것 같아요."

최는 서울이 고향이라고 했다. 취업이민을 위해 왔다는 최가 이 집에 체류한 지도 6개월이 넘고 있었다. 최는 짧게는 일주일, 길게는 6개월 동안 여기 머물렀던 사람들이 이곳을 떠날 때 그들 모두의 주소를 받아내는 친화력을 유감없이 발휘했다. 또한 최는 그들에게 누누이 아버지는 시의원이고, 어머니는 모 대학의 강사라는 것을 일삼아 말했다. 최는 아직 이 집에서 가장 좋은 방에 머물고 있으며, 겐조 향수와 아르마니로 치장하고 있다. 그녀는 가끔 늦은 밤, 최가 큰 소리로 본국의 아내와 오랫동안 통화하는 것을 들을 수 있었다.

최는 규칙적으로 아침에 집을 나섰다가 저녁에 돌아오곤 했다. 그러나 정작 취업이민을 위해 그가 무엇을 하고 있는지는 알 수 없었다. 어쩌면 처음부터 최는 취업이민 조건에 부합되지 않는 인물인지도 모른다. 그들의 속사정을 그녀는 일일이 캐묻지 않았다. 올해 들어서 부쩍 그녀의 집을 지나쳐 가는 방문자들이 외면상으로 내세우는 관광이나 어학연수의 목적이 아닌, 모호한 방문이 늘고 있었다. 그녀는 사람들이 머무는 동안 집이나 깨끗이 쓰고 돌발적인 상황만 일으키지 않으면 그만이라고 생각했다. 그들의 사정을 일일이 아는 체해서 뭘 어쩌겠는가 말이다. 그녀에게 뭔가를 기대하는 것 같았던 최도 그녀의 그런 태도를 인식했는지, 지극히 형식적이나 정중한 태도로 그녀를 대했다. 그녀도 최의 그 정중한 태도가 나쁘지 않았다.

그럼 이 요리는 선배가 신청한 거네요. 여학생은 두 달 먼저 들어온 최에게 언제부터인지 선배라 부르고 있었다. 그럼, 내가 수요일의 먹고 싶은 메뉴로 적어 넣었지. 역시 예의 바른 최가 박에게 묻는다. 저보다 연배가 있으신 거 같은데 형님이라 불러도 되겠습니까? 이 나라에는 무슨 일로 오셨습니까? 박은 마침 접시 위의 샐러드를 게걸스럽게 먹던 참이다. 그런 박에게 시간을 주려는 듯 여학생이 요리를 화제 삼는다.

"스텔라 씨, 전 이 클램차우더 수프가 정말 맛있어요. 쫄깃한 조갯살과 양송이버섯. 살짝 익힌 셀러리를 씹는 맛. 샐러드 맛도 그만이죠. 땅콩소스에 슬라이스한 래디시에, 톡 쏘는 이 맛은 뭔가요? 식초를 넣은 거죠?"

여학생은 그녀를 세례명인 스텔라라고 불렀다. 그녀도 여학생이 자신을 언니라고 부르지 않는 것이 마음에 들었다. 한국식대로 나이를 구별하고 연장자에게 덤인 듯 붙여주는 '언니'라는 호칭으로 친숙한 척 자신의 영역을 만만한 듯 침범해 오는 습성이 싫었던 그녀였다. 이 집에서 그녀와 가장 일상 이야기를 주고받는 여학생은 이제 며칠 후면, 어학연수과정을 마치고 이곳을 떠난다.

"올리브오일과 자몽청을 넣었고, 신맛은 식초 때문일 거예요. 인도인 가게에서 산 사과식초인데, 주인 말이 직접 담아 5년 넘게 숙성시킨 거라더군요."

그녀가 말을 마치자 모두의 시선이 박에게로 쏠린다. 그러나 박은 그런 분위기를 아는지 모르는지 식사에 열중하고 있다. 그녀는 냅킨으로 입가를 닦으며 말한다.

"괜찮다면 나 먼저 일어날게요. 오늘은 아침부터 일정이 잡혀 있어서요. 도우미 아주머니가 오시는 날이니까 식탁은 그냥 내버려두셔도 괜찮아요."

"아, 어디 출근하시는가 봅니다."

박이 반문했으나 그녀는 황급히 거실을 가로질러 자신의 방에서 외투를 꺼내 들고 현관문을 나선다. 그녀의 판단으로 짐작해 볼 때 박도 불법 체류자가 될 가능성이 높은 사람이다. 어쩐지 최보다 더 말을 섞고 싶지 않은 사람이다.

그녀는 시내에 있는 대형마트로 향한다. 오 의원이 그곳에서 자신의 지역구 특작물인 인삼 홍보를 위해 시식행사를 갖는다고 했다. 입구에는 벌써 한복 차림의 인삼아가씨들이 들어서는 손님들에게 구십 도로 허리를 굽히고 있다. 입구로 들어서니 현지 일간지 기자들과 수행기자들도 보인다.

몇몇 현지 기자들의 알은체에 그녀는 희미한 웃음으로 인사를 대신했다. 이런 경우는 기자들의 취재 태도부터 달랐다. 수행기자들이 행사장을 휘젓듯 현지인들과 인터뷰를 하며 요란을 떨 때 현지 기자들은 조용히 그것을 스케치할 뿐이었다. 그들만의 잔치에 얼굴을 내미는 것으로 예의를 다했다고 생각하는 거다.

마트 지사장과 오 의원이 홍보사진을 찍는다. 교민회에서 급조한 교민 두 명과 쇼핑을 하고 있던 현지인 몇의 인터뷰를 끝으로 행사는 지극히 형식적으로 끝난다.

그녀는 두 건의 녹음을 따고 방송국으로 돌아온다. 국장은 자리에 없다. 아마도 교민단체 어딘가에서 오늘 점심을 기웃거리고 있을 것이다. 그녀가 책상에 앉자 인턴 학생이 기업인협회장의 메모를 전한다. 통화를 원한다는 내용이다. 그녀는 한국 방송국에서 들어온 팩스와 메일함을 확인하고 기업인협회장에게 전화를 한다. 금요일로 잡았던 인터뷰를 내일로 당기고 싶으시다고요? 다른 일정이 생기셨나요? 그게 아니고 오 의원이 금요일에 돌아간다기에 그 전에 하고 싶어서요. 그리고 그 질의서 중 별표 표시한 건 꼭 좀 넣어주셨으면 좋겠습니다. 보내주신 건 일단 읽어봐야 대답을 드리겠네요. 그녀는 수정본을 팩스로 넣어달라 하고 전화를 끊는다. 그녀의 짐작대로라면 기업인협회의 난점을 회장이 인터뷰를 통해 본국에 알려야 하는 시점이라고 생각하는 거 같았다.

때마침 울린 전화는 교민회장에게서 온 전화다. 언제나처럼 풀기를 빳빳이 세운 목소리로 수고 많으십니다로 시작한 그의 말은 방송 잘 듣고 있습니다. 우리 교민사회에 참, 능력 있는 여자 아나운서를 발굴한 만큼 보람을 느끼고 있습니다라는 말로 이어진다. 그녀가 한국의 대학 방송국보다 열악한 시설의 교민 방송국에서 일하게 된 건 순전히 교민회장의 권유 때문이었다. 그녀가 세를 든 집의 집주인은 교민회장의 친구였고 다른 도시에 살고 있는 관계로 그가 집을 관리했다. 집을 계약할 때부터 그녀의 집에 빈번하게 드나들더니 그녀의 목소리가 좋다며 어느 날, 방송국 국장을 데리고 와 소개시켰다. 그리고 그 다음 날, 그녀는 방송국 국장의 전화를 받았고 당장, 교민회에서 초대한 여가수의 공연 사회를 보게 됐다.

사람을 알게 되면 한눈에 쓸모 있음과 없음을 가려내 어떻게든 인맥을 구성하는 재주가 있는 교민회장의 추진력이 만들어낸 일들이었다. 또 무엇보다 재무구조가 형편없던 방송국에 마침, 공석이 있었던 탓이기도 했다.

“목소리를 타고난 사람이 방송 안 하고 어디서 뭘 하고 있었던 거요. 페이는 많지 않지만, 우리 방송국에서 교민을 위해 일해줘요."

행사가 끝난 후 국장의 말을 듣고도 그는 대답을 보류했다. 당장 의식주를 해결하는 거 외에는 여전히 움직이지 않고 싶은 그녀였다.

긴 망설임 끝에 그녀는 방송국에 출근하기 시작했다. 본국을 떠나올 때 아무것도 할 수 없을 거 같던 그녀가 그런 결정을 한 건 딱 한 가지 이유, 타국에서 만난 새로운 일은 과연 어떨까라는 궁금함이었다.

그렇게 순식간에 한인 사회로 편입돼 버린 게 그녀는 어처구니가 없기도, 놀랍기도 했다.

방송국은 상상했던 것보다 훨씬 사정이 나빴다. 그녀는 일간지들을 취합해 분석하고, 기사를 필사했고, 경험을 쌓기도 전에 바로 생방송에 투입됐다. 서울방송과 중앙방송국이라 할 수 있는 K주의 방송국 프로그램을 24시간 방송하는 것이 고작인, P주 자체 프로그램이 아예 없었던 때. 그녀가 합류한 지 1년 만에 P주 자체 편성은 하루 일곱 시간으로 늘어났다. K주 방송국 사장은 내년 초까지 열두 시간 이상으로 P주 자체방송을 늘릴 계획을 세우고, 인력을 충원할 것이라며 의욕에 차 있었다.

회장은 긴 서론 끝에 내일 저녁, 교민회 주최로 귀빈을 모신 만찬을 열 거라며 취재를 부탁한다. 그가 일컫는 귀빈은 오 의원 일행이다. 어차피 잡혀 있던 일정이었기에 그녀는 흔쾌히 그러마라고 대답한다.

차고에 차를 주차하고 뒷마당으로 들어와 부엌문을 열려다가 그녀는 마당 한쪽에 서 있는 자전거를 발견한다. 못 보던 것인데 새것은 아닌 성싶다. 공을 들여 닦았는지 바큇살이 은빛으로 빛난다. 주방에서는 달그락거리는 소리가 난다. 세입자들이 취사용으로 쓰고 있는 아래층 주방은 상당히 넓었고, 편의성을 갖추고 있다. 이 시간에 집에 돌아와 있을 사람은 박일 것이다. 그녀는 2층으로 올라와 욕조에 더운물을 틀고 아침에 채 살펴보지 못한 일간지를 뒤적인다. 아래층에서 들려오는 소리에 그녀의 청각은 예민하게 선다. 목조를 주재료로 쓴 이 주택은 아주 작은 소음도 공명음이 멀리까지 메아리친다. 11월 들어 임대객이 눈에 띄게 줄었다. 남편은 아직 아무 소식이 없다. 본래 일에 대한 진행상황을 신속하게 전해주는 사람이 아니다. 하지만 본국 소식을 들은 지 일주일이 지나버렸다는 것에 생각이 미친다. 아주 바쁘던지 뭔가 계획한 대로 안 풀리고 있다는 신호처럼 여겨진다. 그녀는 생활정보지나 인터넷에 임대 소개글을 올리는 것을 잊지 않아야 한다고 생각한다. 목욕을 마친 그녀는 무선주전자의 스위치를 누르고 티백을 넣어 우린다. 내일 아침 뉴스 작성을 위해 자판을 두드리고 있을 때 노크 소리가 난다. 박이다. 다른 숙소를 찾았을까? 거실로 나오며 마지못해 그녀가 묻는다.

"홍차 드시겠어요?"

불현 어제 도우미의 전화 내용이 생각난다. 어찌나 접시를 깨끗이 비웠던지 설거지할 일이 없더라고요. 넉넉하게 했던 음식이라 꽤 남았었는데. 그녀는 이어지는 상념으로 남자의 얼굴을 물끄러미 바라본다. 야물게 다문 입 언저리가 왠지 완강해 보이는 인상이다.

"주시면 고맙죠. 정원에 잔디가 많이 자랐더군요. 잔디 깎는 기계는 있나요?"

"네, 있죠. 남편이 한국에 들어가고 손질을 자주 못하고 있어요. 저는 힘에 부치더군요."

"그럼 바깥분은 지금 이민 수속 중이십니까? 아니면 이민자인데 한국에서 일을 하고 계신 겁니까?"

이 사람은 궁금한 걸 참지 못하는 성격인가 보다. 그녀는 처음 보는 이에게 속사정을 털어놓느니 약간의 거짓말을 하는 편이 낫다고 생각한다.

"이민자죠. 한국에 일을 아직 정리 못해서요."

"저런. 남편분이 스텔라 씨가 많이 보고 싶으시겠습니다. 스텔라 씨도 그렇고. 잔디라면 제가 깎아도 되는데. 그러고 싶습니다만. 참 도우미 아주머니를 부르시던데."

"……도우미 아주머니는 세탁하고 대청소를 일주일에 한 번 정도 하고 있어요. 주방일도 가끔 돕고."

"한 번 부를 때마다 페이는 얼마나 주세요?"

그녀는 이어지는 박의 질문이 영 성가시다. 한국을 떠나 이 도시에 와서 그녀의 집에 묵으면서 시작되는 이들의 같은 질문에 언제부터인지 대답이 귀찮아졌다. 그녀도 이곳에 와서 6개월 정도는 애썼던 기억이 있다. 자신보다 늦게 온 모든 이들의 궁금증에 친절하고자 노력했던 기억.

"그게 달마다 조금씩 달라요."

박은 내처 물으려다 그녀의 태도에서 무언가를 발견한 듯 입을 다문다. 어색한 침묵을 깨고 그녀가 묻는다.

"자전거가 있던데 혹시?"

"그거 오늘 가라지 세일로 샀습니다."

"아, 동네에 가라지가 열렸나요? 여기 처음 온 거 맞으세요?"

"그럼요, 처음이죠. 오늘 자전거를 타고 교외까지 다녀왔는데 거기는 악명보다도 더 지저분하더군요. 컨테이너 집도 많고."

그녀는 박의 말을 들으면서 여러 가지 의구심이 솟는다. 이 나라에 처음 오면 한 주일은 이것저것 적응하느라 지나간다. 온 지 3일째 되는 날에 중고 자전거를 사다니. 게다가 한 달만 머물 거라고 하지 않았던가. 홍차 잔을 들여다보고 있는 그녀의 눈길에 날이 서 있다. 그녀가 찻잔을 쟁반에 받쳐 들고 일어서는데 박이 말한다.

"제가 잔디를 깎아 드릴까요? 잘할 수 있을 거 같습니다."

"잔디를요?"

그녀는 정원의 무성하게 자란 잔디에 눈길을 주며 무성의하게 되묻는다. 이 도시에서 시간의 흐름을 실감할 수 있는 것은 아마도 잔디가 자라는 속도일 것이다.

"제가 잔디를 깎으면……."

박이 말끝을 뭉개며 그녀를 바라본다. 제 쪽에서 하기 어려운 이야기를 그녀가 먼저 꺼내주기를 바라는 심중을 담고 있는 눈길이었다. 잠시 상대의 의중을 헤아리다 그녀는 잔디 깎는 걸 계산해 달라는 이야기임을 눈치챘다. 뭐든 대가가 있어야만 움직이는. 하기야 그런 방을 임대한 것만 봐도 사정이 빤한 거다.

"잔디 깎는 사람이 잔디를 한 번 깎을 때마다 50달러 정도 지불하는데, 그렇게 잘 깎으실 수 있겠어요?"

그녀는 짐짓 싸늘한 어조가 됐다. 박이 어쩐지 더 쌩쌩해진 목소리로 신속하게 대답한다.

"아니에요, 저는 현금보다는 식사를 제공해 주시기 바랍니다. 밥 해먹는 게 습관이 안 돼서 좀 귀찮네요."

식사를 제공해 달라는 박의 말에 그녀는 난감해졌다.

이곳에 오고 처음 한두 달, 홈스테이를 해보다가 그녀는 한국 부식으로는 도저히 타산이 맞지 않는다는 걸 알게 되었다. 그녀가 홈스테이를 접고 장기 임대는 물론 단기 임대까지 하게 된 이유였다. 식단 준비에 대한 부담을 없앴으며 한 달 내내 고용해야 했던 도우미를 일주일에 한 번만 불렀다. 결과는 훨씬 비용이 절감됐다. 혼자가 된 그녀는 더러 밖에서 식사를 하고 오기도 했다. 그녀는 지난번에 무전취식을 해 간신히 쫓아내고 한동안 마음이 불편했던 남자가 자꾸 박과 겹쳐진다. 본국 경제사정이 악화되고 있다는 뉴스를 접하면서 벌써 서너 번째 겪는 일이다. 생각이 거기에 미치자 그녀는 대충 셈을 해본다. 잔디 깎는 정도의 비용이라면 한 달에 열 번 정도의 식사면 될 것이다. 박까지 내칠 수는 없다.

"생각해보죠. 제가 늘 집에서 식사를 하는 것이 아니라 매끼 식사는 어렵겠고, 잔디가 뭐 그렇게 부쩍부쩍 자라는 것도 아니니까요."

"생각해보시고 그럼, 말씀 주세요."

소파에서 일어서며, 말은 그렇게 했지만 그녀는 박이 편치 않다.

다음 날 아침, 그녀는 테라스에 앉아 잘 다듬은 잔디를 바라본다. 숙련된 기술에는 못미쳐도 제법 시간을 들인 흔적이 엿보인다. 오랫동안 방치되었던 자목련에도 새벽부터 박의 손길이 미쳤던 듯 가지가 단정해졌다.

출근을 하자마자 그녀는 한 통의 전화를 받는다. 남편이었다.

"잘 있지? 내가 다니던 회사에서 그쪽 노동청에 서류를 보냈다는데, 그걸 기다리고 있어. 생각보다 복잡하고 오래 걸리네. 렌트객들은 좀 있어?"

"그냥 그래. 어디서 지내?"

"여기저기서. 여기 우리 집이 없으니 좀 이상하긴 해. 연락을 안 해도 너무 걱정하지 말고. 무슨 일 있으면, 연락해. 끊자."

"……알았어."

"그리고……. 아니, 그냥 끊자. 다음에 말할게."

"말을 해. 무슨 말인지. 여보세요? 여보세요?"

전화는 이내 끊겼다. 마주 앉아서도 할 말을 제대로 전하지 못하는 남편의 속내를 전화로 듣는 건 더 어려운 일이다.

남편은 그런 사람이었다.

곧 있을 기업인협회장의 취재 질의서를 살펴본 그녀는 첫 번째 질문에 별표를 한다. 방송 전에 회장과 마주 앉은 그녀는 의도하는 바가 무엇이냐고 솔직하게 묻는다. 오늘은 질문만 해 달라는 것이 회장의 궁색한 대답이었다. 그녀가 마지못해 그러겠다고 한 것은 회장이 내어놓을 예상 기부금 액수 때문이었다. 첫 번째 질문은 기업인협회장직을 맡고 주력해서 추진하고 있는 사업이 무엇인가였다. 회장의 대답은 본국의 정부 차원에서 사업을 추진할 때는 개인보다는 기업인협회를 통해 계약이 이루어져야 일관성 있는 창구가 될 수 있고 교민들의 형평성에도 맞출 수 있다는 논지였다. 방송을 끝내고 회장은 300달러가 든 기부금 봉투를 내놓는다. 기업이라지만, 교민의 수가 몇 안 되는 이곳의 업종은 뻔했다. 방송국은 주파수를 대여해서 쓰고 있어 꼭 이 라디오를 사야만 교민방송을 청취할 수 있는 시스템이었다. 재정 충당이 어려운 시점에서 취재원들의 기부금 제도는 그녀의 아이템이었다. 1년 반이 지난 현 시점에서 초기, 일부의 잡음을 잠재우고 이미 만오천 대 이상의 라디오를 교민들에게 나눠주는 소기의 성과를 올렸다. 그 때문에 인터뷰 대상은 이민을 와서 어느 정도 자리를 잡아 안정권에 든 소위 교민사회 유지들이 대부분이었다. 때로는 그런 상황이 그녀에게 정형화된 틀처럼 여겨질 때도 있었지만, 청취자가 일정 수준이 넘어 광고 수익이 생길 때까지 감수해야 할 일이었다. 신임 협회장이 인터뷰 내내 기업의 투명성을 강조하는 게 특산품을 가지고 방문한 오 의원과 관계가 있어 보인다. 그가 내놓은 기부금 액수는 결코 적지 않았다.

회장이 사무실을 나가자 국장에게 전화가 온다. 오늘 저녁 한국관, 취재 신경 써줘. 영사 지시야. 지시라는 말에 그녀는 혀끝에 달린 대답을 삼켜버린다. 국장은 방송국에 별 의욕을 보이지 않았다. K주의 중앙방송국 사장이 P주에 지국을 설립한 후 마땅한 사람을 찾다가 순전히 무던하고 오지랖 넓은 품성으로 발탁한 사람이었다.

방송국에 출근한 첫날부터 그녀는 이것저것 따질 경황이 아니었다. 그녀가 제일 먼저 한 일은 그곳의 대학교에 근무하고 있는 한국 교수를 찾아 이쪽에 경력을 쌓고 싶어 하는 자원봉사자를 찾는 일이었다. 그녀의 제의를 호의적으로 받아들인 교수가 유학 중인 학생들에게 공지를 하자마자 이메일로 이력서가 밀려들었다. 그녀는 자료조사, 보조진행, 재무 등 세 명을 뽑았다. 왜 지원했느냐고 묻는 그녀에게 응모자들의 대답은 한결같았다. 돌아가면 기자가 되려고요. 이력이 되잖아요. 그런 과정을 국장은 그저 지켜만 봤다. 사정이 그러하니 국장에게 방송의 기술적 지원을 요청하는 것은 생각도 할 수 없었다. 게다가 국장은 의리에 죽고 산다는 해병대전우회 회장을 겸임하고 있었다. 그녀가 아직 차를 마련하지 못했을 때 중요한 취재 때문에 일찍 출근하면, 국장은 그녀를 취재지에 내려놓고 어디론가 행방을 감추기 일쑤였다. 후에 행방을 물으면 '본국에서 후배가 나와서'라는 대답이었다. 나중에 알고 보면 국장은 생면부지의 해병대 후배를 관광시켜 주느라 바빴던 거다.

한국관에서 교민회 주최로 마련된 국회의원 환영회는 성황이다. 국장은 애국통일자문위원, 신용예금조합장 등, 자칭 유지들과 합석해 있다가 그녀를 향해 손을 흔든다. 교민회장은 그녀를 보자 반색을 하며 어깨를 감싸 안듯 이끈다. 그런 교민회장의 행태를 한두 번 본 게 아니지만 오늘은 더 거북하다. 교민회장이 이끈 곳은 기자석이다. 그녀가 다가가자 자리하고 있던 수행기자들과 현지 기자들이 반색을 했다. 그녀도 웃음으로 목례를 나눈다. 의례적인 식순으로 행사는 막바지를 향해 달려가고 있었다. 공기는 탁했고 얼마쯤 긴장이 풀린 행사장에는 질펀한 웃음소리가 오간다. 그녀는 밖으로 나와 던힐을 꺼내 문다. 그녀에게 다가와 불을 붙여 준 건 일간지 기자 리다.

"내, 참. 눈꼴이 시어서."

"왜 무슨 일이 있었어요?"

"우리가 가서 앉을 때는 쳐다보지도 않더니 윤 기자가 앉으니 인사를 합디다. 여기자만 지들 눈에 기자인가. 하하하. 내가 뭐래는 거야. 항상 그렇지만 이런 취재가 제일 싫어요. 본국에서 나온 수행기자 놈들 거들먹거리는 것도 보기 싫고 우릴 뭐 도망 나온 피난민처럼 여기잖아요. 저렇게 많이 데리고 나올 돈 있으면 여기 교민 미디어를 위해 좀 쓰지. 아직 밤 운전 안 하죠? 집에 그만 갑시다. 데려다 줄게요."

리 기자가 말하는 우리란 이곳의 일간지 기자들을 말하는 거다. 그녀도 그만 집에 가고 싶어진다. 자리로 돌아가 가방을 챙겨 나오려던 그녀는 의원 보좌관에게 붙들린다. 수행기자들까지 이구동성으로 왜 벌써 가느냐는 말에 주춤한 그녀는 도리어 밖에서 기다리고 있던 리를 불러온다.

2차는 핑계일 뿐, 의원이 마련한 기자 간담회였다. 간담회 중, 그녀는 내내 오 의원에게 질문하고 싶었던 것을 눌러 참는다. 공식적으로 질문을 해서 오 의원을 잠깐 난감하게 하는 것은 별 의미가 없다는 생각이 들었기 때문이다. 간담회는 오 의원의 행적과시용 문답으로 30분 만에 끝났고, 꼼짝없이 그녀는 일행과 함께 술자리로 이동한다. 술자리는 최근에 우후죽순처럼 생기기 시작한 단란주점이다. 시설은 한국의 웬만한 룸살롱 수준을 능가한 요란한 치장이다.

오 의원이 기자들과 음주가무를 일삼는 걸 즐긴다는 건 그녀 또한 익히 알고 있던 터였다. 오 의원을 필두로 폭탄주 돌리기가 시작된다. 여기자는 그녀 혼자뿐이었으므로 일찌감치 표적이 됐고 치사량인 폭탄주 앞에서 그녀는 난감하다. 게다가 내일부터 K주의 뉴스 시간에 P주 뉴스를 생방으로 전하는 프로그램이 신설되어 첫 방송이다. K주와 다섯 시간의 시차로 인해 새벽 네 시에 일어나야 한다. 그녀 앞에 놓인 폭탄주를 보면서 그녀가 곤혹스러운 표정을 감추지 못할 때 뜻밖에도 흑기사가 나타났다. 흑기사는 오 의원 보좌관이다. 그녀는 단독 취재를 빌미로 오 의원과 맞부딪쳐 봐야겠다는 생각을 내내 하고 있었기에 흑기사를 자처한 보좌관을 불러 로비로 나온다. 보좌관의 얼굴이 벌겋게 달아올라 있다. 그녀는 직설적으로 의원 단독 취재 일정을 잡아달라고 말한다. 보좌관은 단독 취재요? 라고 되물었고 그녀는 방송국에 나오시는 게 뭐하면 제가 움직일게요 라고 재빨리 대답한다. 잠시 망설이나 싶던 보좌관은 아. 그게 뭐 어렵겠어요. 3일 후쯤 들어가시니까 스케줄을 잡아보죠. 한 시간이면 충분하죠? 한다. 의원의 일정쯤은 자기 재량으로 정할 수 있다는 듯 시원시원한 보좌관. 그녀는 보좌관과 같은 타입에 익숙해 있다. 오 의원이 4선을 지내는 동안 타성에 젖을 대로 젖어 그 자신이 의원이라도 되는 양 행세하는, 외려 오 의원보다 더 약자에게 함부로 굴었을 그런 타입.

의원님이 보좌관님 덕분에 편하시겠어요. 아주 유능해 보이세요. 그래요? 고맙습니다. 하기야 경력이 몇 년이에요? 이 밥 먹은 지도 벌써 20년이 넘었고, 의원님 모신 지도……. 이제 나갈 일만 남았는데.

네? 아, 출마하시려구요? 계획이 서 있으시군요. 기밀인데, 뭐 다음 공천은 제 차례가 되지 않겠습니까? 하하하. 20년이면 나가셔야죠. 나가시고도 남죠. 전 아침방송이 있어서 그만 돌아가야겠어요. 더 있다가는 목이 잠기거든요. 벌써요? 아쉽네요. 네에. 그러시죠. 차를 내드릴까요? 그녀는 만류하려다 생각을 바꿔 데려다주시면 고맙죠. 라고 했다. 비서관에게 이야기해 놓고 얼른 올게 기다리세요. 보좌관은 술이 다 깬 듯 로비를 잰걸음으로 걸어갔다.

직원들과 도시락 샌드위치를 막 펼쳐 놓으려 할 때 사무실로 찾아온 사람은 리였다. 웬일예요? 윤 기자 도시락 맛 좀 보려구요. 좀 나눠주시죠. 농담이구, 같이 나가시죠. 리는 그녀를 리조또 집으로 안내했다. 이태리 사람이 하는 곳인데 아주 맛이 독특해요. 윤 기자도 단골이 될 겁니다. 난 리조또 별로 안 좋아해요. 쌀이 날아갈 것 같잖아요. 촌스럽게, 여기 온 지 좀 되지 않았습니까? 또 그 쌀 타령입니까? 식당은 세 평 규모로 다운타운에 위치해 있었다. 그녀는 새우 리조또를 주문했고 리는 치즈 리조또를 주문했다.

리는 늘 고개를 외로 꼬고 있는 것처럼 보이던 평소와 달리 진지해 보인다. 그녀의 시선은 리의 앞이마에 내려온 몇 가닥의 고슬머리에 멎어 있다. 잠자코 물잔을 바라보던 리가 그녀를 바라본다.

뭔가 좀 이상하지 않습니까? 왜 오 의원은 몇 년째 월드코리아하고만 특작물 계약을 하고 있는 거죠? 그녀는 잠자코 샐러드를 즐기며 리의 다음 말을 기다린다. 이상하지 않냐구요? 리가 그녀의 눈을 응시하며 재차 묻는다. 글쎄요. 그런가요? 전 아직. 하늘 같은 선배님이 그렇다면 그런 거겠지요. 그녀는 말끝을 웃음으로 흐린다. 그녀도 오 의원의 기사를 위한 사전 취재를 시작한 터였다. 공항에 마중 나온 것은 그럴 수 있다. 하지만 월드코리아 사장이 의원의 공식, 비공식 일정에 그림자처럼 동행하고 있는 것을 단순한 비즈니스 파트너라고 보기에는 석연찮았다. 어젯밤, 집으로 돌아오는 차 안에서 보좌관에게 단단히 약속을 해두었고, 월드코리아 사장과도 이미 취재 일정을 잡아둔 그녀였다.

리조또 접시를 말끔하게 비우며 그녀는 생각에 잠긴다. 오늘 점심은 윤 기자가 사시죠. 뭐라도 건질까 싶어 왔더니 한 마디도 안 하고. 볼멘 어투였지만 리는 테이블에서 계산서를 집어 들고 앞서 간다. 근데 요즘 부쩍 틈만 나면 왜 자꾸 윤 기자 얼굴이 생각나는지 모르겠습니다. 리가 툭 던지듯 헤어지면서 한 말이다.

그녀가 오후 내내 기다리던 보좌관의 전화가 온 것은 퇴근 무렵이다.

"인터뷰 일정은 오늘 저녁 아홉 시로 잡았는데 괜찮겠습니까?"

"네에. 그럼 장소는요?"

"공식 일정이 끝난 뒤니까 호텔에서 해야죠. 괜찮으시겠어요? 일정이 타이트해서 낮시간을 뺄 수 없었어요. 스위트룸인데 로비에서 전화 주심 내려갈게요."

그녀는 잠시 대답을 망설였다. 그러나 내친 김이다. 이런 경우 상대가 원한 장소가 아닌 다른 장소를 그녀가 제시할 경우, 인터뷰가 틀어지는 일이 종종 있다.

"의원님께 도움이 될 질의서로 해주시리라 믿습니다."

보좌관이 한 마디 하는 것을 잊지 않는다.

픽업을 해준다던 국장은 나타나지 않는다. 자원봉사하는 학생들도 퇴근한 금요일 밤. 사무실을 나선 그녀에게 섬처럼 소외된 고립감이 지병처럼 도진다. 어디선가 불어오는 바람에 실린, 아직도 익숙해지지 않는 낯선 냄새. 그녀는 몰려오는 한기에 코트깃을 단단히 여미고 버스정류장까지 걷는다. 남편이 하려다 만 이야기는 무엇이었을까? 두 사람 사이에는 특별한 이유 없이 아이가 없었다. 경영난으로 남편이 회사를 폐업한 시점과 그녀가 당한 실직의 시점이 같았다. 그녀는 한국 땅에 염증을 느꼈고, 당장 그 땅을 떠나고 싶었다. 그런 그녀가 이 나라로 이민을 오자고 말했을 때 남편은 그녀에게 물었다. 정말 이 땅을 떠나기를 원해? 일 없이 살 수 없는 네가 그곳에서 뭘 하며 살려고? 남편은 그녀가 불안했을 것이다. 남들이 바라보는 남편은 성실하고 보증수표 같은 사람이었지만, 남편이 바라보는 그녀는 위태롭게 속력을 내며 달려가는, 언제 장애물과 충돌할지 모르는 자동차 같은 사람이었던 거다.

연애를 하고 결혼을 하며 남편과 시작된 불통. 결혼 전의 그녀에 대한 지극함은 그녀가 가족이 아닌 타인이어서 가능한 일이었다는 것, 남편의 배려의 기준이 가족이 아닌 남에게 있다는 것을 알게 된 순간부터 그녀는 남편의 곁을 떠나고자 했다.

남편이 염두에 두는 배려의 대상, 타자 속에 그녀가 늘 소외되어 있다는 것을 그녀는 이해할 수 없었다. 연애기에 남편이 그녀가 원하는 멋진 남자의 모습을 보여주려고 얼마나 노력했던가를 떠올리면 때로 쓴웃음이 났다.

그녀에게 결혼이란 제도 안에서 남편의 의미는 새로운 기억을 함께 만들어 가는 신뢰의 대상을 의미하는 것이었고, 남편에게 결혼이란 제도에서의 익숙함은 노력하지 않아도 그대로 유지되는 계약의 의미였다. 때문에 그녀는 타자 앞에서만 배려되고 존중되었다. 그녀가 남편을 참을 수 없었던 건 그런 점이었다. 그녀로서 남편을 견디는 건 곧 남편과 같은 태도를 유지해야 한다는 의미와 같았다. 그럴 수 없었던 그녀에게 남편은 점점 견디기 힘든 존재가 되었다. 지금 그가 머물고 있는, 사방이 타자인 그곳에서 사람 좋은 표정으로 그들을 배려해야 하는 남편은 매 시간 정서노동 중일 것이다.

호텔에 도착한 그녀는 프런트 데스크에서 곧장 룸으로 전화를 건다. 잠시 후, 보좌관이 내려온다. 인터뷰는 질의서에 있는 대로 진행되는 거죠? 보좌관이 인사를 대신해 건넨 말에 그녀는 웃어 보이고 엘리베이터에 오른다. 보좌관은 피곤한 기색이 역력하다. 이 나라에 오신 지는 얼마나 되셨어요? 엘리베이터가 19층까지 올라가는 동안 보좌관이 던지는 몇 가지 질문에 그녀는 의례적인 대답을 한다. 스위트룸은 꽤 넓고 쾌적하게 느껴졌음에도 호텔 룸 특유의 오래된 향수 같은 냄새가 난다. 이 밤에 이런 장소에서 인터뷰를 해야 하다니. 인터뷰어로서 기선을 잡지 못한 것에 그녀는 잠깐 후회가 인다. 그녀를 맞는 의원 역시 지친 기색이다. 반가워요. 참 열심인 여기자분이네. 이런 시간에도 인터뷰 일정을 잡고. 고맙습니다. 피곤하실 텐데. 이런 시간에 응해주셔서.

룸에는 의원 말고도 수행비서와 월드코리아 사장이 함께였다. 다탁에는 기백만 원을 호가한다는 마개를 딴 리처드 헤네시 병과 안주 접시가 놓여 있다. 그들은 이미 전작이 있었던지 다들 얼마쯤 취기가 돈 얼굴이다. 식사는 하셨나? 네. 그럼요. 하고 오는 길입니다. 그녀는 사실, 점심 이후에 아무것도 먹지 못했다. 그런데 의원님, 말씀 나누는 동안에는요. 그녀가 말을 마치기도 전에 의원이 눈치 빠르게 재게 말을 받았다. 아. 그게 편한가? 그래. 자네들은 자리를 좀 비켜주지. 기자분이 그래야 좋으시다니까. 월드코리아 사장이 그럴 것까지야 하는 눈길로 그녀를 바라보았지만, 그녀는 개의치 않고 소파에 앉는다.

그들이 옆방으로 사라지자 의원은 방송국에 대해 상식

적인 질문을 한다. 그녀는 방송국의 열악한 사정에 대해 비교적 소상히 말하며 자연스럽게 녹음기를 꺼내 버튼을 누른다.

인터뷰는 질의서대로 순조롭게 진행된다. 그녀가 의원에게 말치레한 것이 주효했는지 의원은 상당히 호의적인 태도다. 그런 오 의원을 바라보며, 그녀는 오 의원이 연습이 충분한 연극배우 같다고 생각한다. 같은 연극의 배역을 너무 오랫동안 공연해서 대본을 보지 않고도 자신의 대사를 쏟아내는, 그러나 정작 관객에게 배역을 소화해내는 것 외에는 특별한 이입을 주지 못하는 배우. 오 의원이 준비한 답변이 끝나고, 이제 질의서에 없는 그 답변을 듣기 위한 마지막 질문을 할 차례다. 그녀는 탁자 위에 놓인 술잔으로 가볍게 목을 축인다. 온더록 잔이었지만, 빈속의 그녀에게는 술기운이 금세 퍼진다. 펜을 쥐고 있는 손이 파르르 떨린다. 그녀는 하이톤의 목소리를 줄여 나직이 말한다. 월드코리아 사장님과 친분이 두터워 보이세요. 보기 좋으세요. 아 그래요? 하하하. 기자 양반이 유심히 보셨구먼. 그게……. 오 의원이 잠시 말을 멈춘다. 그럴 수밖에 없는 게, 내가 3선 때 당을 잘못 선택해 쉴 때 그 친구가 힘이 되어 주었거든. 네에. 그러셨군요. 그래서 그 다음 선거 때 3선에 성공하셨고 의원님 지역구의 특작물 수출도 월드코리아에서 하게 된 거구요. 그녀는 굳이 독점 계약이란 표현을 피해 쓴다. 의원은 접시에서 치즈 한 조각을 집어 든다. 그녀도 상아색의 크리미한 질감이 느껴지는 약간의 신맛과 쓴맛, 가벼운 나무향이 섞인 까망베르(Camembert) 치즈 몇 조각으로 허기를 달랜다. 인터뷰는 두 시간이 넘게 진행된다. 그녀는 입안에서 녹아 가는 치즈처럼 녹취 테이프 메모리를 넘기게 될까 봐 내심 조바심이 쳐진다. 이렇게 미묘한 시점에서 움직이면, 의원은 인터뷰를 중단하라고 할지도 모를 일이다.

그게 사람 사는 거니까. 신세를 졌으니 나도 뭔가 돌려주어야 할 것 아니오. 의원이 호기 있게 말을 부린다. 그렇죠. 그러니까 현직에 계시는 동안 앞으로도 그 밀월 관계는 유지될 수밖에 없겠네요. 그녀는 그렇게 묻고 싶은 말 대신 의원님, 참 의리가 있으신 분이시네요로 바꿔 말한다.

그녀는 갑자기 참을 수 없는 요의를 느낀다. 인터뷰 마지막 단계에서 확인 사실을 남겨 두면 습관처럼 요의를 느끼게 된 것이 언제부터였는지 모른다. 그녀는 교묘하게 묻고 싶은 말을 에둘러 물었고 아리송한 표정을 짓던 의원에게 시인 비슷한 대답을 듣는다. 보좌관이 배웅하겠다는 것을 만류하고 그녀는 프런트에서 택시를 불러 집으로 돌아온다. 간단한 샤워 후에 내일 아침 방송분의 원고를 순서대로 붙여놓는 일이 끝나기 무섭게 그녀는 잠자리에 든다. 하지만 잠이 들지 않아 몸을 뒤채는 그녀의 머릿속엔 오 의원의 말, 그의 행동이 어지러이 떠돈다.

누군가 침실 문을 세차게 두드린다. 그녀는 간신히 일어나 머리만 내민 채 신경증적으로 문을 연다. 방문 앞에 선 박의 복장도 잠옷을 대충 여민 차림이어서 그녀의 눈은 더 커진다. 전화벨이 계속 울려서요. 놀란 그녀가 시계를 보니 다섯 시가 넘어 있다. 황급히 수화기를 들자 K주 방송국의 이연상 피디다. 3분 후, 바로 스탠바이 들어갑니다. 원고 준비되셨지요? 수화기를 방바닥에 내려놓고 그녀는 일련번호대로 황급히 원고를 간추린다. 큐 사인이 들리고 그녀는 P주의 소식과 교민 뉴스를 전한다. 준비된 원고를 다 읽고 끝내야 하는 시간인데, 어찌 된 일인지 저쪽에서 권 선배가 시간을 늘리며 애드리브 질문을 퍼붓는다. 돌발상황에 그녀는 자신이 제대로 대답을 하고 있는지조차 판단이 서지 않는다. 수화기를 내려놓고 나서야 그녀는 방송 내내 무릎을 꿇고 있었다는 것을 알게 된다. 오그린 다리를 간신히 펴고 희붐한 창밖을 바라보고 있는 사이 전화가 걸려온다. 사정없이 깨질 것 같던 예상을 깨고 뜻밖에도 K주의 본부장은 수고했다고 한다. 다른 주의 리포터가 갑작스럽게 낸 펑크 때문에 사전협의 없이 생방을 늘려 미안하다라는 말을 덧붙이면서.

새벽부터 몹시 긴 하루가 될 거 같은 예감이 든다.

여학생이 한식을 먹고 싶다고 한 말을 듣고 아침식사를 약속한 아침이었다. 호의로 한 약속이라도 상황에 따라 지켜야 하는 약속이 될 때 시간은 왜 이렇게 빨리 돌아오는지. 그녀는 무거운 몸을 이끌고 한식으로 식탁을 차린다. 시금치된장국, 국적을 알 수 없는 꽁치구이와 총각김치 그리고 굽지 않은 김과 계란찜이 전부인 식탁이다. 스피커로 아래층에 안내를 했지만 박은 다시 잠들었는지 기척이 없다. 그녀는 하는 수 없이 아래층으로 내려간다. 노크 소리에도 아무 움직임이 없어 그녀는 방문을 슬쩍 밀어본다. 희미한 불빛에 방 안의 풍경에 눈이 익었다 싶은 순간 그녀는 놀라서 저도 모르게 외마디 소리를 지른다. 박이 벽 쪽에 물구나무를 선 채 기척도 없이 그녀를 바라보고 있었던 것이다. 돌아서는 그녀를 막아서며 박이 말한다. 이렇게 하면 피로가 풀린다고 하길래……. 어제 자전거를 종일 탔더니 다리가 아파서요. 기척이라도 하셨음 안 놀랐을 텐데요. 그녀가 얼핏 본 노트북 화면에는 사오십대 남자의 얼굴이 모자이크 기법으로 가득 차 있다. 지난번에도 봤던, 하나같이 고단해 보이는 표정의 사진들이다.

식사를 하면서 최가 말한다. 우리도 아침 대신 저녁에 식사를 함께하면 어떻겠습니까? 이렇게 좋은 메뉴에 와인도 한 잔씩 하고. 여학생이 말을 받았다. 그렇게도 해봤는데 다들 스케줄 맞추기가 영 어렵더라고요. 유난스레 맛나게 먹는 박의 수저 소리만 요란했을 뿐, 아침 식탁은 조용하다.

그녀는 출근하기 전, 한 통의 전화를 받는다. 전화는 영사관에서 걸려온 것으로, 영사관으로 와달라는 내용이다. 무슨 일인지 아무리 생각을 해봐도 짐작 가는 일이 없다. 그녀가 내키지 않은 발걸음으로 영사관으로 들어서자 비서는 그녀를 바로 접견실로 안내한다. 영사와 공식석상에서 이미 수차례 마주치고 인사도 나눈 처지였지만 영사관에서 대면하기는 처음이다. 마른 체형에 금테 안경을 착용한 영사는 50대 초반이다.

"안녕하세요. 무슨 일로 호출하셨는지요?" 그녀가 짐짓 미소를 띠며, 묻는다.

"아이구 호출은요. 기자님을 어떻게 호출합니까. 앉으십시오. 요즘 아침 뉴스에 초대석에 음악 프로까지 잘 듣고 있습니다. 윤기 있는 목소리에 발음도 정확하시고, 본국에서 경력이 많으셨던가 봅니다."

"아, 네 듣고 계시다니, 고맙습니다. 여기서 어쩌다 얼결에 하게 돼서. 잘하고 있진 않죠. 배우면서 하고 있으니까요. 부끄럽습니다."

"그런가요? 전 경력이 아주 많으신 줄 알았는데 놀랍군요. 암튼 교민들에게 유익한 정보를 탁월하게 잘 선택하십니다. 저도 애청자라 이제나저제나 기다리는데, 저는 언제 초대석에 불러주십니까?"

이미 그녀에 대한 정보를 수집했을 영사의 딴청이 일순 그녀는 불쾌해진다.

"그렇잖아도 그 프로 만들고 초대손님 일순위셨는데, 국장님이 특별한 이슈를 기다리고 있으신가 봐요. 바쁘신 분이기도 하고."

사실 그녀는 영사를 어떤 타이밍에 초대해야 거절당하지 않고 기부금을 원하는 만큼 받을 수 있을 것인가를 신중하게 계산하고 있은 지 오래였다.

"그 프로 나갔다가 도네이션만 하고 윤 기자 곤혹스런 질문에 방어만 하다가 끝나는 거 아닙니까? 하하하."

"그럴 리가요. 영사님이 제게 그런 질문을 받으실 일이 있겠어요?"

"소문이 자자합디다. 한국방송국 '일레븐에 만난 사람' 출연 못 하면 이곳의 유지 아니라고. 아무리 기다려도 섭외가 안 오길래 윤 기자가 날 보고 싶어 하지 않는 줄 알았습니다."

"그게, 패널 선정은 제가 하는 게 아니고아니고……."

그녀의 말이 끝나기도 전에 영사는 말허리를 자른다.

"왜 그러십니까? 알 만한 사람은 다 아는데 그 방송국 실세가 윤 기자라는 거. 허 참. 하하하."

"별말씀을요. 그렇지 않습니다. 제가 무슨 힘이 있다고요. 과찬이십니다. 그건 그렇고 오늘 저를 부르신 건?"

"아. 다른 게 아니고 방송을 들었는데……."

"뉴스요? 아님 초대석요? 어떤 프로를 말씀하시는지요."

"초대석, 기업인협회 김광철 회장 인터뷰요."

영사 입에서 기업인협회장 이름이 나오자 그녀는 다탁에 놓인 찻잔으로 입 안을 축이고 다음 말을 기다린다.

"그 방송이 어디까지 방송되나요?"

"아. 그거요? 그 방송은 우리 P주만 됐고, 토요일에는 4개주 전역으로 송출합니다. 왜, 무슨 문제가 있나요?"

"뭐 특별히 문제 될 건 없고. 그렇군요. 알겠습니다. 별일이 있는 건 아니고, 오늘은 윤 기자에게 점심을 대접하고 싶었어요. 영사관 바로 앞에 베트남 국수가 맛있는데 들고 가시죠."

그녀는 거절하고 싶었지만, 오 의원보다 속내 짐작이 더 어려운 영사의 뒤를 잠자코 따른다. 이른 점심인지라 베트남 식당은 대부분 식탁이 비어 있다. 그녀가 일부러라도 찾아 먹을 만큼 즐기는 국수였지만, 비 오는 날의 습도처럼 끈끈한 영사의 눈길. 식사 내내 그녀는 그 시선으로부터 자유로울 수 없다.

"그게 그러니까, 서울에서 나름대로 그 방면에서는 이름이 있는 분이셨는데, 윤 기자는 여기가 좋으신가 봅니다. 6개월에 한 번씩 서울에 다녀오시면서 체류기간을 연장하시는 것 같던데."

"네. 이민수속 중인데 시간이 걸리네요."

"국장이 제게 와서 의논을 하시더군요. 알고 싶은 건 윤 기자가 이민을 원하는 건지, 아니면 장기 체류를 원하는 건지입니다. 한국인이 꼭 필요한 방송이니까 취업이민을 신청하시면 어렵지도 않을 것 같은데."

호의적인 말투와 달리 영사의 눈빛은 차갑다. 누군가가 그녀에게 제동을 건 민원이라도 제기한 것일까?

"몇몇 분들이 의논을 해봤는데 상당히 긍정적인 분위기입니다. 혹시 도움이 필요하시면 말씀하시지요. 윤 기자, 교민사회에 꼭 필요한 능력 있는 분이니까 웬만하면 정착하시는 쪽으로 생각을 굳히는 것도 괜찮을 거 같고. 현재, 여러 사람 눈에 노출되는 위치니까 입장을 확실히 하는 게 일하기가 훨씬 수월하지 않겠습니까. 그리고 한 가지 부탁 말씀 드리자면, 본국에서도 다루지 않은 사건을 취재하게 되면 꼭 사전에 알려주십시오. 제 임기가 얼마 남지 않았는데 시끄러운 일이 생기기 전에 제가 알아야 하지 않겠습니까. 요즘 하도 일이 많아서. 조용한 게 피차 좋은 거 아니겠습니까? 임기 잘 마무리해야지요. 그리고 윤 기자님. 계시다가 힘든 일 있으시면, 언제든 말씀하십시오. 힘닿는 데까지 도와드리겠습니다. 그럼요. 돕고말고요."

몇몇 분들이라니. 어떤 사람들이 그녀도 모르게 그녀의 거취에 대한 의논을 했단 말인가. 방문자 신분의 불안함을 새삼 지적하는 영사의 의도는 무엇일까. 지금 하고 있는 일조차 타인의 의지로 그만두게 된다면. 그녀를 부른 영사의 의도를 재조합해보느라 머릿속에서 뭔가가 거꾸로 쏟아진 듯 뒤죽박죽이다.

영사와 헤어진 후 그녀는 불현 집으로 가서 뜨거운 샤워를 하고 싶다는 충동을 누르고, 방송국으로 들어온다. 웬일로 찾아왔을까? 그녀를 기다리고 있던 기업인협회장을 그녀는 회의실로 안내한다.

"이거 윤 기자님이 필요하실 것 같아서 참고하시라고 드립니다."

김 회장은 두툼한 서류봉투를 그녀에게 건넨다.

"이게 뭐죠?"

"월드코리아의 수출입 장부 사본입니다."

"구하기 쉽지 않으셨겠는데 어떻게 이걸 제게 주시나요?"

"여기 일간지들도 믿을 수가 없어서……. 윤 기자라면 유용하게 쓰실 것 같은데 일을 좀 만들어주시죠."

"김 회장님은 일이 확대되는 걸 원치 않으실 것 같았는데, 오 의원이나 월드코리아와 잘 지내고 싶으셨던 거 아닌가요?"

"처음엔 그런 의도로 자료를 수집했는데 이쪽을 너무 무시하고, 장부를 보면 아시겠지만, 이건 그쪽 지역의 특산품을 거저 월드코리아에 주는 저가 매입이에요. 더러워서 참. 그래도 뭔가 우리 시장에 활기를 주고 싶어서 시도해봤는데, 씨알도 안 먹혀요 윤 기자. 이거 이대로 놔두면 절대 안 돼요. 단단히 개망신을 한번 당해봐야 정신을 차릴 족속들야."

그녀가 봐오던 우유부단한 이미지가 아니다. 김 회장의 눈빛이 단단히 심사를 말해주고 있다.

"회장님 의사는 알겠습니다. 검토해보고 연락드릴게요."

"되도록 빨리 검토해보시고 연락을 주셔야 합니다."

"네, 네. 알겠습니다."

김 회장이 돌아가고 그녀는 잠시 생각에 잠긴다. 이 서류는 그녀가 아니어도 어떤 경로든 김 회장의 분노로 세상에 공개될 것이다. 분노가 감정의 배설이 아닌, 때로는 기개가 되어 세상에 고발될 때 촉발돼, 운이 좋으면 그릇된 일을 바로 잡을 수도 있다는 걸 그녀는 여러 번 목격한 바 있다. 그게 기자들이 할 일인데라는 속엣말을 하며 그녀가 장부를 꼼꼼히 살펴보고 있을 때 리에게서 전화가 걸려 온다.

"윤 기자, 오늘 날씨가 참 좋습니다. 시간 어떠세요? 한국무용 초대권이 있는데 같이 가시죠."

"아, 민예랑이 하는 공연요? 그거 완전 아마추어 수준의 취미 발표라고 하던데 그런데도 가시는군요. 초대권 보태드릴게 다른 사람과 가시지요."

"취재 겸. 이 공연 실어주긴 해야 해서. 윤 기자와 데이트를 할까 싶었더니. 또 비아냥입니까? 하하하. 그건 그렇고 어쨌거나 저녁은 함께 먹죠."

"요즘 매일 보는데 새삼스럽게 무슨 저녁을 또 먹어요."

"좀 섭섭하네요. 오 의원 단독 인터뷰했다는 소문이 자자합니다. 도대체 무슨 감을 잡았길래 혼자 조용히 움직이는 겁니까? 하기야 오 의원 걸어 다니는 핵폭탄이라 부르니, 뒤 깨끗하지 않은 건 세상이 다 알고, 어차피 방송에서만 터트리기엔 한계가 있는 거 아닌가? 그러지 말고 같이 잘 삽시다."

이 좁은 P주에서 손바닥으로 하늘을 가리는 게 쉽지, 리가 안다는 건 여기 일간지들이 다 알고 있다는 뜻이다.

"……아직은 말할 수 있는 게 아무것도 없어요. 화제성만 요란한 거에 제대로 된 뉴스 봤어요? 방송에 출연하지 않을 거 같아 취재를 간 것뿐이고, 지루하기 짝이 없는 연극 한 편 감상하고 온 거나 같아요. 알 만한 사람이 뭘 물어요."

"그럼 방송은 왜 안 해요? 그동안 우리 신문, 최신 기사 서비스를 우선으로 다 해줬는데. 연극, 재밌었겠다. 잘 아시네. 오 의원 만만한 상대 아니죠. 윤 기자 혼자 들이밀었다가 오히려 다칠 수 있어요. 우리 신문사가 인사들 주례사를 쓰긴 하지만 그래도 나름 도움이 필요할 거라고요."

그녀가 무어라 말을 할 새도 없이 리는 전화를 달가닥 끊는다. 어디서 무슨 말을 들었기에 차분한 평상심을 잊고 조급해하는 것일까?

집에 돌아온 그녀는 박의 전갈을 받는다. 아침에 제가 전화를 받았는데 도우미 아주머니가 앞으로 못 오시게 됐다네요. 왜요? 의아해 묻는 그녀의 시야에 들어온 집 안은 깨끗하다. 제가 청소며 세탁, 설거지까지 다 했는데 마음에 드실지 모르겠습니다. 그녀의 기색을 살피며, 박이 말한다. 그게 제 전문이거든요. 오랫동안 실직 상태였던지라 와이프 대신

제가 살림을 했지요. 자랑삼아 늘어놓는 박의 말에 그녀는 짜증이 난다. 왜 이런 때 하필 도우미까지 못 오게 된 거지? 속엣말을 하며 그녀는 전화번호를 찾으려던 걸 포기하고 주방으로 들어간다. 뒤따라 들어온 박은 식탁에 되는대로 음식을 차려내는 그녀를 돕는다. 보기보다 손길이 민첩하다.

"그래서 말인데요. 제가 대신 좀 도와드리면 안 될까요?"

알량한 임대비는 물론 식사까지 해결하겠다는 박의 속내가 알전구처럼 훤히 보인다. 그녀의 집에 박이 편입한 뒤로 냉장고의 내용물이 눈에 띄게 줄어들고 있었다. 잠시 생각하던 그녀는 이미 아는 쥐인 최 외에 박까지 키울 자신이 없어 그의 제안을 받아들이기로 한다. 제 식대로 막무가내로 밀어붙이기로 작정한 사람에게 때로 그 일을 공식화시켜주는 게 외려 편하다. 다만 박과 같은 불청객이 그녀의 집에 임대를 빙자해 다시 찾아오지 않기를 바랄밖에.

"제가 식사를 해드릴 순 없고, 편하게 오셔서 있는 부식으로 식사를 해드시는 건 어때요? 수요일은 함께 하시구요."

"그렇게만 해주신다면 저는 고맙지요. 가끔 제가 음식을 만들어드려도 괜찮으시겠습니까? 이래봬도 한 요리 합니다."

박의 입이 귓가에 함지박만 하게 걸린다. 안방으로 들어온 그녀는 책상에 앉아 김 회장이 주고 간 월드코리아 장부를 첫 장부터 마지막 장까지 주의 깊게 살핀다. 그녀는 나이트가운을 걸치고 안방에서 베란다로 통하는 문을 연다. 훅 끼쳐오는 습한 밤공기. 그녀의 집과 면한 영국인 부부가 사는 집의 차창만 환할 뿐 거리는 조용하다. 그녀는 테라스를 서성이며 남편을 생각한다. 자신이 원하는 걸 솔직하게 타인에게 말하는 훈련을 받지 못한 사람이었다. 예상치 못한 상황에는 한 템포씩 늦게 발휘되는 남편의 순발력. 남편이 돌아오기도 전에 이 도시의 습기가 그녀를 삼켜버릴지도 모른다고 생각한다.

방으로 들어온 그녀는 시계를 노려보듯 바라본다. 수화기를 들고도 한참을 망설이던 그녀는 이윽고 버튼을 누른다. 본국의 방송국 피디와 통화를 끝낸 그녀는 잠이 오지 않는 듯 오랜 시간을 뒤척이다 잠이 든다.

요란한 소음에 그녀는 더듬더듬 스탠드를 켠다. 콘솔 위의 시계는 다섯 시 30분이다. 이 시간에 청소기를 작동할 만한 사람은 틀림없이 박이다. 소음은 좀처럼 멎지 않는다. 그녀는 치미는 짜증을 가라앉히려 시디플레이어 버튼을 누른다. 골드베르크 변주곡, 글렌 굴드의 피아노 연주가 방 안에 넘실댄다. 맨몸에 시트를 둘둘 말고 욕실로 간 그녀는 박하향이 나는 입욕제를 풀고 레버를 돌려 더운물을 받는다. 그녀는 월드코리아 관계서류를 챙겨 욕조 안으로 들어간다. 적당한 온도의 물이 등을 감싸자 간밤의 눅진함이 일순 가시며 다시 잠이 온다. 그녀는 들고 있던 서류를 바닥에 떨어뜨리고 목을 한껏 뒤로 젖혀 욕조에 기대고 눈을 감는다. 6번을 지나는 변주곡을 들으며 그녀는 며칠 전 배달된 음악잡지에서 밑줄을 그으며 읽었던 구절을 기억해낸다. '굴드의 연주가 전체적으로 그렇다고 할 수 있지만, 특히 그의 바흐 연주는 자신의 연주자로서의 고립을 확인하고 그것을 더욱 깊게 축적해 나가는 고독한 독창성의 연장선상에 있다.' 굳이 평론가의 말을 빌리지 않아도 그녀 역시 깊이 공감하는 부분이었다. 자신의 행로와 유관하게만 펼쳐놓을 수밖에 없는 연주가의 예술성.

남편은 종종 그녀의 어떤 점, 일에 대해 공격적이고 성취욕이 남다른 그녀가 굴드와 닮아 있다고 했다. 도자기를 디자인하면서 지나치게 독창성을 주장해 아이디어 회의에서 자주 상사들과 부딪히던 그녀에게 남편은 자주 앙드레 가뇽의 연주를 들려줬다. 그녀가 싫어하는 장르의 뉴에이지. 남편은 음악이란 들을 때 청자가 편안한 것이 보편성의 힘을 갖는 거라고 했다. 남편은 타자와 자신의 조화를 우선순위로 두는 사람이었고, 그녀는 늘 자신 속의 자신이 잣대가 되는 사람이었다. 그 앨범의 마지막 곡, 32번이라 부르는 아리아 다카포를 들으며 화장을 하고, 옷을 입고, 무장한 그녀는 거울 속의 자신을 바라본다. 이제 다시 직업인으로 무대에 설 시간이다.

안방 문을 열고 거실로 나서자 박이 의기양양한 기세로 커피잔을 들고 그녀에게 다가선다. 이 정도 농도면 되겠습니까? 그녀는 그런 박의 목소리가 거슬려 몸을 반대쪽으로 튼다. 이런! 박이 외마디 소리를 지르며 그녀에게 기운 것은 그때다. 찻잔이 떨어지면서 소파 모서리에 부딪혀 산산조각이 난다. 그녀는 오늘 있을 행사 때문에 입은 벨벳 슈트에 쏟은 커피보다도 깨진 커피잔에 더 신경이 쓰인다.

아, 어떡하죠. 이런, 실수를 하다니. 박은 비굴한 웃음을 베물고 그녀의 어깨에 마른행주를 가져다 댄다. 아니! 그걸로 닦으면 먼지가 더 묻어요. 놔두세요. 그녀는 박의 손길을 세차게 뿌리치며 안방으로 간다. 옷을 갈아입으며 그녀는 청록빛깔의 사슴이 페인팅된 그 커피잔을 떠올린다. 다시 같은 커피잔을 구할 수는 없을 것이다. 이 나라에 오던 날 공항에서 출국 수속을 마치고 면세점을 둘러보다가 우연히 그 커피잔을 발견한 그녀는 못 박은 듯 걸음을 떼지 못했다. 그녀를 발견한 판매원이 말했다. 딱 하나밖에 없는 한정판 디자인이에요. 아시죠? 이 브랜드. 본국에서 짐을 싸며 출국 준비를 할 때 자신이 디자인한 한 개의 찻잔도 지참하지 않겠다던 심사가 무너지고, 그녀는 결국 그 찻잔을 사는데 적지 않은 돈을 지불해야 했다. 그녀의 눈은 어느새 안압이 올라 붉게 충혈됐다.

그녀가 거실로 나왔을 때 바닥의 찻잔 조각은 말끔히 치워져 있다. 박이 그녀에게 다가온다.

"괜찮으십니까?"

"아까 커피잔 깨진 거 어떻게 하셨어요? 그 조각들 좀 가져다 주실래요?"

박은 그녀를 멀뚱히 바라만 볼 뿐이다. 그녀는 다시 울화가 인다.

"그거 강력 접착제로 붙여서라도 원상태로 만들어주세요."

"그게……, 조각조각 파손이 많이 되어 안 될 거 같습니다. 그러니까 접착제로 붙인다 해도 사용할 수 없을 겁니다."

"쓰든 안 쓰든 그건 제가 알아서 할게요. 꼭 그렇게 해주세요."

"제가 다른 걸로 사다 놓겠습니다. 마음에 드실 걸로 찾아볼게요."

박의 말을 듣자마자 그녀는 그예 소리를 지른다. 그동안 눌러 참았던 박에 대한 마땅찮음이 터지는 순간이다.

"이보세요! 꼭 그 커피잔이어야 해요. 뭘 안다고 다른 것으로 그걸 대신하라고 하는 거죠? 그거 세상에 단 하나밖에 없는 디자인이라고요. 아시겠어요! 단 하나밖에 없는……."

순간, 뜨거운 것이 목울대에 치받쳐 마지막 말은 말이 되어 나오지 않는다. 그녀는 몸을 돌려 2층 계단을 뛰듯이 내려와 현관 앞길에 정차시켜 놓은 자동차로 향한다. 집에 머무는 시간이 조금만 길었다면 그녀는 어쩌면 박 앞에서 눈물을 보였을지도 모를 일이다. 그녀는 액셀러레이터를 세게 밟아 차를 급하게 출발시킨다.

리가 몸 담고 있는 일간지에서 주최한 훌륭한 교민상 수상식인 오늘, 그녀는 사회를 보기로 예정돼 있다. 짐작건대 그녀에게 의뢰가 온 건 공동 사회를 맡은 리의 추천이 있었던 듯했다. 처음 의뢰를 받고 망설이는 듯하는 그녀의 등을 국장이 떠밀었다. 수상식장에는 국장의 말대로 교민사회의 유지들이 대거 참석했다. 시상식이 끝나고 뒤이은 디너 행사는 노래자랑으로 이어졌다.

"윤 기자, 오늘 눈이 부십니다. 하하하. 참 다들 대단한 애국자예요. 노래 선곡표 좀 봐요. 선구자, 가곡 일색이니 마지막에는 애국가를 안 부르려나 몰라."

교민회 총무에게 2부 순서 마이크를 넘기고, 식사를 하는 자리에서 리가 툴툴거린다. 오 의원이 좌중의 박수를 받고 무대로 나와 두만강을 부르며 장내의 분위기를 한껏 고조시킨다.

"월드코리아 사장은 취재했습니까?"

"아니 아직요. 일정을 자꾸 미루는 게 오 의원 들어간 후에 하고 싶은 모양이에요."

"그럼 밀어붙여야죠. 그 페이스에 말려들면 안 됩니다. 뭔가 터트릴 것이 있으면 여기서 터트려 공항에서 기자들이 그들을 환영하게 해줘야 극적인 타이밍이 되는 거 아닙니까? 그러지 말고 윤 기자."

리가 말을 끝내기도 전에 오 의원 보좌관이 다가온다. 사회를 아주 매끄럽게 보시네요. 윤 기자님 면모가 돋보이는 밤입니다. 그랬나요? 고맙습니다. 보좌관이 이쪽을 빤히 바라보고 있는 리를 등 뒤로 하고 말을 잇는다. 다른 게 아니고, 의원님 모레 들어가시는데 내일 몇몇 지인들과 시간을 보내고 싶어 하십니다. 함께하실 멤버에 윤 기자님도 초대하라고 하셔서요. 멤버라면 누가? 네. 조용히 움직일 거니까 몇 분 안 되시죠. 월드코리아 사장님도? 그분이야 형제처럼 지내시니까 당연히 같이 가시죠. 저희 국장님도 가시나요? 잠시 생각하는 듯하던 보좌관은 윤 기자님이 원하신다면, 고려야 해보겠지만 이동수단이 불편하겠네요. 차가 한 대만 움직일 거라서요.

그녀는 보좌관의 제의를 생각해볼 겨를도 없이 그렇게 할게요. 내일 전화 주시죠. 라고 서둘러 대답해버린다.

직업적 촉수에 의지한 거지만, 무조건 동행해야 뭔가 더 알 수 있겠다는 기대감이 생긴 거다. 오랜만에 행사 사회를 진행한 끝이라 긴장이 풀린 탓인지 노곤해진 그녀는 국장에게 인사를 하고 주차장으로 나온다. 비가 내리는 옥외 1층 주차장에 리가 서 있다가 그녀를 보고 반색을 한다.

"오늘 차가 없는데 그동안 제가 픽업한 것 좀 갚아주시죠."

리는 그녀와는 반대쪽 교외에 살고 있다. 자동차가 없었던 뚜벅이 시절, 번번이 리에게 신세를 진 그녀로서는 아무리 노곤해도 농담 반 진담 반인 리의 말을 거절하지 못한다.

"기꺼이 모셔다 드리죠. 신세 갚을 기회를 주셔서 고맙습니다."

차는 빗길을 맹렬하게 달린다. 리는 손잡이를 꼭 잡고 말한다.

"아이구 숙녀분. 좀 서행해주십쇼. 설마 제가 미워 난폭운전으로 갚는 건 아니지요?"

우스개를 하던 리가 시디 버튼을 누르자 앙드레 가뇽의 '바다 위의 피아노'가 실내에 차오른다. 차는 강을 가로지르는 다리를 통과한다. 처음, 이 나라의 공항에 내려 달리던 길에서 그녀가 한눈에 매료되었던 다리였다. 푸른빛의 요염한 자태로 서 있는 다리는 분명, 에로티시즘을 염두에 두고 설계되었을 것이다. 그녀는 그 다리를 지날 때마다 일상사에 묻혔던 갈망이 조용히 일어서는 것을 느낀다. 그 다리에 열광하던 남편은 말했었다. 다리를 건너면 보이는 북쪽 산봉우리에 두 개 꼭지가 튀어나와 있어서 원주민들은 이걸 공주님들이라고 부르는데 백인들은 대영제국의 상징인 사자라고 우긴다나. 하긴 역사라는 게 정복자들에 의해 훼손되며 다시 쓰이는 거니까.

자동차는 가도 가도 끝이 보이지 않는 공원을 옆으로 두고 달린다.

"월드코리아, 말이에요. 윤곽이 좀 잡혔습니까?"

리가 묻는다.

"윤곽이랄 게 뭐 있나요. 선배가 먼저 잡으셨을 텐데. 방금 지나온 다린 볼 때마다 느끼지만 디자인이 참 아름다워요."

"본인이 상습적인 언어 폭행인 거 알고 있어요?"

"언어 폭행이라뇨?"

"상당히 심각한 수준입니다. 말 돌리기, 자르기, 들이대기, 게다가 상대방 배려치 않고 입 다물고 있기 등등이죠.

방송국에서 일 안 했다면 그게 어느 조직에서 통하겠어요. 담에 보면 절대 알은체 말아야지 했다가도 얼굴 보면 또 말 걸게 되니 참."

그녀는 리의 말보다는 와이퍼에 온통 신경이 쏠린다. 지난번에 한국인 주유소에서 갈았던 게 불량이었던지 기분 나쁜 소리를 내면서 오작동이다. 리가 와이퍼 동작 스위치를 만져보지만 방법이 없어 보인다. 줄기차게 내리는 비는 또 밤새 그치지 않을 기세다.

"또 말 잘라먹죠. 하기야 얼굴 익힌 지 한참이라 이젠 어지간히 익숙해졌습니다. 스타벅스 가서 커피나 한잔하죠. 드라이브인 하면 내릴 일도 없고, 커피 생각이 간절하네."

자동차 실내에 부착된 시계는 아홉 시다. 그녀는 스타벅스 드라이브인에 차를 정차시킨다. 리가 커피 스몰 사이즈 두 개를 주문한다.

"내리시죠. 내가 운전할게. 우리 집이 어딘지 잘 모르잖습니까."

"그 먼 집까지 꼭 이 차로 가셔야겠어요? 맨날 나더러 숙녀라며 나 혼자 돌아올 밤길은 미안해지지 않는다는 거죠?"

"도리가 없잖아요. 비는 오고, 멀고. 아 그리고 그런 말이 나와요? 내가 모셔다 드린 게 몇 번인데. 날 버려두고 집에 간다니. 이미 알곤 있었지만 좀 못된 사람이야. 나 참."

어느새 이 사람과 이 정도의 말은 편하게 할 정도로 나눈 시간이 길었던가. 그녀는 운전대를 잡은 리의 옆얼굴을 본다. 눈매가 깊어 더 서늘해 보이는 눈빛. 처음, 그녀가 교민 사회에서 이목을 끌기 시작할 때 사람들은 그녀를 경계하거나 호기심의 대상으로 관찰했다. 그런 중에 말은 뾰족하게 하지만 아무 계산 없이 무조건적인 호의를 베풀어준 사람이 리였다. 그렇다고 그가 누구에게나 자기 곁을 내주는 이가 아니라는 걸 1년이 지난 지금, 그녀는 안다. 리는 버릇대로 왼손으로 운전을 한다. 기아 변속기 위에 얌전히 놓인 두툼한 오른손. 일순, 그녀는 그 손 위에 자신의 손을 포개고 싶어진다. 리의 손을 유심히 보게 된 건 오래전, 리의 낡은 스포츠카에 동승하면서 리가 내민 손을 잡았을 때부터였을까? 우연히 곁에 앉아 취재수첩을 넘기는 손끝에서, 머리카락을 쓸어 올리는 손의 표정에서 그녀는 때때로 리의 손에 예민해지는 자신을 불편해하고 있었으니까. 그녀는 리에게 묻는다.

"내가 그렇게 못된 상습범인가요?"

"못되기로 말하면 둘째가라면 서럽죠. 메일 답신 떼어먹기 일쑤죠. 지금도 아까 한 말을 이제서 묻잖습니까. 왜 한참 지나니 걸리십니까?"

리는 차를 한적한 도로에 정차시킨다. 그녀는 왜 차를 세우느냐고 묻지 않는다. 모래가 낀 듯 자연스럽지 않은 눈을 감고 싶을 뿐, 돌아가려면 잠시 눈을 감아두는 것도 나쁘지 않을 거다. 그러다 설핏, 잠이 들었던 그녀는 뺨에서 온기를 느끼고 눈을 뜬다.

"아, 깨웠네요. ……한참 전부터 만져보고 싶었습니다. 그냥 그것뿐, 결례를……."

그녀가 황망히 거두는 리의 손을 잡자 리가 와락 그녀를 당겨 안으며 입맞춤을 한 것은 한순간이다. 리의 입술은 건조했다. 입맞춤은 오래 계속된다. 도대체 이 갈망은 어디 숨어 있다 지금 튀어나온 걸까? 모른 체해 왔을 뿐 리의 감정을 그녀는 알고 있었다. 하지만 지금 자신의 모습은? 단지 리의 손을 만져 보고 싶었을 뿐인데. 그녀는 자신의 몸짓이 당황스럽다.

그러나 그런 감정과 상관없이 입맞춤을 나누는 동안 타지에 머물며 그녀 안에 빙하 조각처럼 떠다니던 고적함이 한번에 녹아내리는 녹녹함과 뜨거움을 경험한다. 그녀의 입술은 잃었던 엄마 젖을 찾는 아이처럼 리의 혀를 놓지 못한다.

뒷문을 열고 들어서던 그녀는 화들짝 놀란다. 1층 주방에서 음식을 조리하던 박이 무척 놀란 표정이다. 더 늦으실 거라고, 여학생이 그러던데 일찍 오셨네요.

그녀는 박에게 눈길을 주지 않고 2층으로 올라가려다 식탁 위에 펼쳐진, 주로 한국 남자들인 사진에 시선이 간다.

"아. 이거 그냥 심심해서 찍어봤습니다. 무료해서요."

그러고 보니 싱크대에도 여러 개의 식기가 나와 있고, 어수선한 게 평소의 청결한 주방 같지 않다. 박이 주섬주섬 사진을 챙긴다. 2층으로 올라갔다가 옷을 갈아입은 그녀는 아무래도 찜찜해 1층으로 내려온다. 그새 주방에 있던 박은 방으로 들어갔는지 보이지 않는다. 그녀는 박의 방을 두드린다. 한참 후에야 나타난 박의 모습이 어딘지 어정쩡한 모습이다.

"무슨 일 있어요?"

"아니오. 일이라뇨. 아무 일 없습니다. 그리고 그 커피잔요. 그거 며칠 기다리셔야겠습니다. 제가 오늘 샅샅이 찾아봤는데 성능 좋은 강력 접착제가 여긴 없더라고요. 제가 오늘 다리가 아프도록 자전거를 타고 돌아다녀 봤으니 곧……."

그랬겠지. 그런 인간인 줄 진작 알아봤어. 자신이 저지른 실수를 미안해하기는커녕, 말끔하게 해결도 하지 못하면서 시간이 지날 때마다 변명만 늘어놓는 유형의 인간. 아마도 박은 이번 일을 어찌어찌 그녀가 잊어버리길 바라고 있을 거다. 예상을 빗나가지 않는 박의 변명이 끝나기도 전에 돌아서려다 문득 수상한 느낌이 들어 그녀는 복도를 걸어 현관 쪽으로 간다. 마주 보고 있는 두 개의 큰 방은 요즘 비어 있다. 그녀는 큰 방의 문을 열어본다. 방 안은 잘 정돈되어 있다. 문을 닫고 돌아서 내친김에 바로 앞의 방문도 열어본다. 방문을 열자 방 안은 컴컴했으나 석연찮은 음식 냄새가 확 끼쳐온다. 그녀는 전등 스위치를 눌러 불을 켠다. 방 안이 환해지자 눈 앞에 펼쳐진 광경에 그녀는 놀라 입을 다물지 못한다. 트윈베드가 놓인 그 방에서 두 남자가 식사를 하고 있었던 거다.

"이분들은 누군데 여기 왜?"

박이 화급히 그녀에게 말한다.

"아. 제 친구들입니다. 오늘 우연히 만나 제가 밥이나 한 끼 먹자고, 데려왔어요. 밥 먹고 인사드리려고 했는데, 인사해. 여기 안주인이셔."

"그런데 왜 나와서 식탁에서 드시지. 여기서 불까지 끄고."

그녀는 방 안으로 들어서 안을 꼼꼼히 살핀다.

"아, 그게요. 잠깐 정전이 되었던지라, 불이 들어온 줄 몰랐네."

박이 변명을 늘어놓자 라면을 먹던 그들은 엉거주춤 일어나서 그녀에게 인사를 한다. 그들을 뒤로하고 2층으로 올라

온 그녀에게 알 수 없는 불안함이 몰려온다. 도대체 박은 뭘 하는 작자일까? 기억해보니 그렇게 돈을 아끼는 사람이 라면을 박스로 사다 놓는 걸 봤는데, 그 라면박스는 또 금방 비어버리곤 했던 거 같다. 생각해보면, 수상쩍은 게 하나둘이 아니다. 그녀가 본 방 안은 그들이 잠시 놀러와 머문 풍경이 아니었다. 방에 걸린 옷가지들, 그들은 도대체 언제부터 거기서 머문 걸까? 그녀는 박을 불러 궁금증을 해소하려다 생각을 바꾼다. 혼자 그 큰 집을 건사한다는 걸 알고는 무엇이든 도와주겠다는 걸 핑계로 불순한 의도를 가진 남자들의 심사를 심심치 않게 보아온 그녀였다.

남편을 사랑하지 않게 되면서, 그 자리를 대신해 들어선 형제 같은 감정. 그녀는 그 감정이 곧 남편에 대한 실연임을 알고 절망했다. 누가 누구를 떠나보내지도 않았는데, 실연을 경험하고 있는 그 결혼생활은 그녀에게 위선적인 한 장의 가족사진과도 같았다. 그러나 지금, 이렇게 홀로인 시간. 돌발상황을 맞으며 그녀는 오랫동안 곁을 지키던 남편에 대해 느껴지는 형제애가 단순한 게 아님을 다시 생각하게 된다. 그것이 두 사람을 연결시켜주는 고리였다는 거, 이따금 그녀는 가족의 정체성에 심한 회의감을 느끼곤 했다. 언제부터인지 남편이란 말과 동의어가 된, '형제'. 그러나 지금,

그녀는 그가 그립다.

차분하고, 냉정하게 대처해야 해. 박이 도대체 어떤 사람인지 종잡을 수 없는 그녀는 내심 자신을 다잡으며, 어렵게 잠이 든다.

아침에 사무실을 들어서면서 그녀는 오 의원 보좌관에게 전화를 받는다. 아홉 시 30분에 호텔로 오시죠. 아직 출근하지 않은 국장에게 그녀는 전화보고를 하고 버스정류장으로 간다. 호텔에 도착하자 현관문을 막 나오던 오 의원이 반색을 한다.

"어, 방송국 기자 양반 오셨네. 반갑습니다."

가볍게 목례를 하며 그녀는 보좌관이 이끄는 대로 승용차에 오른다. 차에는 월드코리아사장, 그녀, 오 의원 그리고 낯이 많이 익은 여자 한 사람을 포함해 네 명이 동승했다. 운전은 월드코리아 사장이 직접 하는 듯 보좌관은 서서 일행을 배웅한다.

"내일이면 일정도 끝나고 오늘은 속닥하게 자리를 마련했습니다. 서로 다들 아시죠?"

오 의원의 말에 어색한 목례를 나누자 차가 출발한다.

"일단 댁으로 가십니다."

운전석 옆의 여자가 그녀에게 말을 건넨다. 너무 바쁘시겠어요. 그제야 여자의 얼굴이 제대로 보인다. 남편은 한국에서 변호사로 활동하고, 여자와 아이들만 이곳에 살면서 남편과는 스무 살 차이가 난다던. 가끔 한국무용 발표회를 하는 민예랑이라는 여자. 바로 전에 초대권을 보내온 적도 있었다.

"아, 네. 잘 지내시죠? 지난번에 못 가 뵈어 죄송했습니다."

오늘 이 자리는 어떤 의도로 만들어진 자리일까? 오 의원과 민예랑은? 그녀는 옆에 앉은 오 의원의 속내가 점점 궁금해진다. 그런 그녀의 마음을 짐작이라도 하듯 오 의원이 입을 뗀다.

"윤 기자, 우리 세 사람의 인연은 오래전부터 있어 왔어요. 우리끼리 밥이나 먹자고 만든 자리에 내가 윤 기자를 한번 더 보고 싶어 초대했는데 불편하진 않으시오?"

"아, 네 괜찮습니다. 세 분 자리에 제가 외려 민폐를 끼치는 건 아닌지 모르겠습니다."

"민폐라니, 우리가 고맙죠. 총기 있는 젊은 분이 함께해주셨으니, 오늘은 그냥 맘 편히 같이 밥이나 먹읍시다. 나도 윤 기자도 일은 다 잊고."

해변을 끼고 달리던 차는 언덕을 올라 정차한다. 언덕 위에 자리 잡은 흰 저택은 한눈에도 꽤나 넓은 평수다. 기다렸던 듯 도우미처럼 보이는 이가 문을 열어준다. 처음엔 두 사람 중 한 사람의 집이겠거니 했는데 그게 아니다.

월드코리아 사장이 출발할 때 '댁으로 간다'던 말이 떠오른다. 더욱이 오 의원의 행동이 제집인 듯 자연스럽다. 저택이라는 말이 어울리는 집은 바다가 한눈에 내려다보이는 정원에 풀장이 갖춰져 있다. 일행은 거실에 앉아 있다가 도우미의 식사가 준비돼 있다는 말을 듣고 정원으로 나간다. 흰 아사 식탁보가 깔리고, 정성스럽게 세팅된 식탁에 앉는다. 요리사를 불렀음직한 싱싱한 해물요리의 성찬이다. 어젯밤의 비가 말끔히 개고 맑은 하늘에 적당한 바람이 분다. 멀리 기차가, 바닷가를 잇고 있는 나무다리가 아스라이 보인다. 날씨, 사람들 그리고 오가는 대화까지도 다 지나치리만큼 적당하다.

"의원님, 오늘 바람이 요트 타기에 적당한 날씨입니다."

"그렇지? 그러고 보니 요트 탄 지 한참 됐구먼. 그렇게 좋아하는데, 참 시간을 즐겨야 하는데 시간에 쫓겨 사니 말이야. 윤 기자는 요트 좋아하시나?"

월드코리아 사장의 말에 대꾸하던 오 의원이 화살을 그녀에게 돌린다.

"네, 보기엔 좋아 보이는데 타본 적이 없어서요."

"이렇게 요트 즐기기 좋은 나라에 와서 못 타봤다니. 언제

같이 타 봐야겠구먼. 그런데 우린 전에 어디서 만난 적 있던가? 난 윤 기자가 이상하게 낯이 익어요."

그녀를 분명히 알고 있으면서 묻는 듯한 어투에 그녀도 고개를 가로저으며 분명하게 아니오, 라고 말한다.

오 의원은 잘 손질해놓은 새우를 들고 말을 잇는다.

"하기야 이제 나이가 드니 처음 보는 사람도 낯설지 않고, 다 어디선가 만난 듯해지더라고. 그래도 나 같은 사람이 사석에서 식사하고 싶은 사람 만나는 게 드문 일인데, 건배합시다."

오 의원은 글라스에 아이스 와인을 찰랑하게 따라 그녀에게 건넨다. 네 사람의 리델 아이스와인 잔이 허공에서 창, 소리를 내며 가볍게 부딪친다. 월드코리아 사장은 웃음기를 머금고는 있지만 그녀의 시선을 정면으로 바라보지도, 그녀와 말을 섞지도 않는다.

"나는 대학을 그리 좋은 데 못 나왔어요. 공부보단 딴 데 정신이 팔려서. 어찌어찌하다 정치판에 들어와서 소위 명문대 출신들끼리 노는 걸 보고 참 눈꼴이 시었어. 그런데 말야, 지금은 그들이 우리를 무시 못해요."

"다 의원님이 애쓰신 덕분이죠. 누가 뭐래도 옹벽 같은 패밀리를 구축하셨잖습니까."

월드코리아 사장이 말을 받았다.

"옹벽 같긴. 어찌 됐든 사람 마음이란 게 알 수 없는 거여서, 울타리 밖에서 그들을 쳐다볼 때의 꼬였던 심사는 다 잊어버리고 울타리 안에 섞이고 보니 참 편안하더란 말이야."

오 의원의 패밀리. 21세기 클럽이라는 이름을 빌리고 있지만 오 의원의 패밀리라는 것을 알 만한 사람은 다 알고 있었다. 재계, 정계, 학계, 문화계의 내로라하는 명사로 구성된 21세기 리더십 클럽 덕에 살얼음 같은 정치판에서 오 의원은 천수를 누릴 거처럼 보인다. 해마다 40명을 엄선, 새로운 기수로 받아들여 전 과정을 무료로 운영하고 그곳을 수료한 기수들이 수순대로 각 지부의 단체장을 맡고 다시 비슷한 커뮤니티를 만들어 문어발처럼 오 의원 지역구, 나아가 세를 불렸다. 그러나 오 의원을 위한 단순한 후원회보다 더 큰 정치적 집단이 배경이었다.

그녀는 신제품 론칭 때 여러 번 명품관에서 다회를 열며, 미디어에 도자기 디자이너로서 얼굴과 이름을 알리게 됐고 자연스럽게 도자기에 열광하는 상류층 다회에 초대를 자주 받게 됐다. 그 때문인지 그녀도 회사의 한국 지사장으로부터 여러 차례 가입 권유를 받았다. 그녀가 집요한 권유에도 가입을 거절하게 된 건 일간지에 있던 선배에게 그 모임의 성격에 대해 소상히 들어 알고 있던 탓이었다. 비록 도자기 디자인이지만, 예술가라고 자부하고 있던 그녀에게 오 의원의 그 커뮤니티는 섞이고 싶지 않은 탁한 물이었다.

또 그녀는 우연한 기회에 비교적 성격이 분명한 어떤 커뮤니티의 다회에 이미 참석하고 있었다. 그러나 그녀 자신이 정치적인 의도가 있는 사람이라곤 생각해 보지 못했던 터였다. 그러나 그 후, 그녀에게 일어난 어처구니없는 사건, 기억하고 싶지도 않은 타사 디자인 카피 사건은 오 의원 구성원들의 행태와 무관하다고 할 수 없는 일이었음을 나중에, 그녀가 한국을 떠나올 때야 알게 됐다. 그러나 그마저도 누군가 일러준 정황과 심증뿐이었다. 그 일로 그녀가 속했던 커뮤니티도 그녀도 매장되고 말았는데도 말이다.

그녀는 쓴웃음을 지으며 와인잔을 든다. 오 의원도 그녀의 그 일에 대해 알고 있는 걸까? 묻고 싶은 게 많은 그녀도 할 말이 있어 불렀을 오 의원도 더이상 묻지 않는다. 이상한 식사였다. 어쩌면 오 의원은 그녀에 대해 이미 물을 것이 없는지도 모른다. 티타임이 끝나자 소복을 한 민예랑이 정원에서 일명 씻김굿 공연을 펼친다. 씻김굿이라. 그녀는 민예랑의 춤사위를 별 감흥 없이 바라본다. 모든 게 완벽하게 준비된 자리였지만 마음을 내려놓을 수 없는 그곳의 초대손님 중 VIP는 단연 그날의 늦가을 정취뿐이었다.

그녀는 방송국 앞에서 오 의원 일행과 헤어진다.

"윤 기자. 공항에서 처음 봤을 때부터 이상하게 마음이 쓰였어요. 윤 기자는 엘리베이터를 타고 고속 상승을 할 수 있는 열정을 지니고 있어요. 내가 가진 것 중에 쓸 만한 게 있다면, 그건 사람 보는 눈이야. 너무 혼자 뭘 하려 하지 말고 같이, 함께 하도록 해요. 언제든 필요한 게 있으면, 언제든 해요."

차에서 내리기 전 오 의원이 그녀의 손을 마주 잡고 한 이야기였다. 물컹한 연체동물의 그것처럼 느껴지는 그런 손이었다. 그녀는 돌아서면서 영 기분이 개운치 않다. 고작 식사 초대를 해서 '패밀리' 운운이라니. 월드코리아 취재 건을 안 오 의원이 그런 식으로 그녀에게 사전 경고를 한 것이리라.

오전 취재는 교민 재향군인회가 보훈병원에 있는 한국전 참전용사들을 방문하는 행사였다. 굳이 취재를 나가야 할까 망설였던 그녀에게 취재를 요청하는 전화를 한 건 애국통일 위원장이었다. 병원 입구에서 일행들과 마주친 그녀는 시선이 영 부자유스럽다. 사람들 틈에 리가 섞여 있다. 리는 거침없이 그녀에게 다가와 얼굴에 빛이 생긴 듯한 말간 얼굴로 인사를 건넨다.

병원은 우리나라 무궁화 두 개 호텔 정도 되는 쾌적한 시설이다. 노인들은 행복해 보인다. 모든 사적인 게 허용되는,

병원이 아니라 에이급 시설의 실버요양원 같다. 취재를 마치고 돌아서는 그녀에게 위원장이 말한다. 60대쯤 되어 보이는 그. 부드러운 말씨에 결코 범상치 않은, 교민사회에 상당한 영향력을 행사하는 인물이다. 오늘 윤 기자와 점심 한끼 합시다.

리가 멈칫대는 그녀를 끌다시피 해서 자기 차에 태운다. 마침 식당은 가까이 있다. 식당에 도착하니 식사를 함께할 사람은 네 사람이었다. 딤섬을 먹으며 위원장은 그녀를 화제 삼는다. 라디오, 처음엔 별스럽지 않게 들었는데 잘 듣고 있어요. 아침에 일어나면 라디오부터 켠다니까. 유익해. 교민 뉴스, 본국 뉴스 등, 목소리만 듣고는 미스인 줄 알았는데 미세스라며.

그녀와 리의 눈길이 딱 마주친 건 그때였다. 교민회장이 다급히 말한다. 아니 싱글이에요. 그러니까 그게…… 그렇죠, 윤 기자 이미 소문이 다 돌았다고. 그런 일은 얼른 알리는 게 나아요. 우리끼린데 뭐 어때.

막 춘권을 집으려던 젓가락을 멈춘 그녀의 얼굴이 발갛게 달아오른다. 무슨 소문? 그녀는 교민회장을 노려보듯 바라본다.

"아버지. 그만하세요. 개인의 프라이버시인데."

애국통일위원장에게 리가 아버지라고 부른다. 공안검사

로 정치적 망명을 했다던 리의 아버지가 애국통일위원장이었다니. 갑자기 머릿속에 여러 개의 빨간 전구가 동시에 켜진 느낌이다. 재빨리 화제를 바꾼 교민회장의 너스레로 식사를 마친 그녀는 리의 차에 오른다. 오늘 오 의원에 관해 리와 의견을 나누고 싶었던 그녀였다. 그녀는 지난밤, 리와의 1년은 그만한 신뢰를 충분히 쌓을 만한 세월이었다고 판단했다. 지금까지 그녀가 보아 온 리는 그녀에 대한 호의를 배제하고라도 기자적 근성이 충분히 있었다.

“불쾌했던 건가? 왜? 어떤 말이 윤 기자를 불쾌하게 한 거죠?”

차창에 드는 빛줄기를 바라보는 그녀에게 리가 묻는다.

“내 사생활이 그런 식으로 교민사회에 안주거리가 되고 있는 거, 그리고 애국교민회장님이 아버님인 거 몰랐어요. 주의를 기울였음 금방 알 일이었겠지만, 좀 당혹스럽네요.”

“그건 다시 말해 나한테 관심이 부족하다는 거고 그리고 윤 기자가 싱글이 됐다는 소문이 떠돈 건 한참 지났는데. 사실, 나도 궁금해요. 이야기 나온 김에 하나 물읍시다. 진행중입니까? 아니면 다 정리된 겁니까?”

그녀는 대답하고 싶지 않다. 왜 이런 질문에 일일이 대답을 해야 하는 거지? 적어도 리는 그렇지 않을 거라고 생각했는데. 가끔 사람들은 스스로 말하고 싶지 않은, 불에 댈 거 같은 질문을 너무나도 쉽게 들이댄다. 그녀는 그런 리에게 가라앉았던 울증이 치밀어 당장 이 공간에서 벗어나고 싶다.

"다운타운이네요. 차 세워줘요. 잠깐 들를 데가 있어요."

"그냥 갑시다. 암말 안 하고, 아무것도 묻지 않고 모셔다 드리겠습니다. 진짜 꼭 달팽이 같은 사람이에요. 불편해지면 껍질 안으로 숨어버리잖습니까."

"정말로 내려야 할 참이었어요. 세워줘요. 고마워요."

어이없어하는 리의 얼굴을 외면하고 그녀는 차에서 내린다. 리의 차가 출발하고 난 후에야 우산을 두고 내렸다는 걸 알았다. 빗발이 아까보다 더 거세졌지만, 그녀는 코트 주머니에 손을 넣은 채 대로를 걷는다. 한낮임에도 불을 밝힌 상가들. 그러나 거리는 한산하다. 한참을 걷던 그녀는 본차이나 대리점 앞에서 걸음을 멈춘다. 늘 브랜드가 주장하는 품격을 고집하느라 새로운 시도를 하지 못하는 디자인. 이 브랜드는 곧 도태될 것이다.

신제품 다회에서 벌어졌던 그 일을 지울 수만 있다면, 그녀는 다시 그림을 그리고 싶다. 예술이라는 이름으로 특정인의 기호에 맞게 그리는 단 하나의 작품이 아니라 앙드레 가뇽의 피아노 연주처럼 불특정 다수가 그녀가 디자인한 찻잔을 편히 쓰게 하고 싶다. 쇼윈도에 전시해놓은 그릇들을 살피는 그녀의 얼굴에 빗물이 흐른다. 성당을 지나고 그녀가 그토록 좋아하는 아름다운 도서관을 지나쳐 사무실까지 그 비를 다 맞고 걷는다.

이 도시에 머물면서 켜켜이 참아두었던 슬픔의 둑이 오늘 밤 그예 무너진 건가. 머리부터 시작된 수로가 심장을 지나 발끝까지 길을 내며 강물이 된 슬픔은 도대체 진정될 기미가 보이지 않는다. 그녀의 몸을 관통해 이 낯선 도시를 다 적실 때까지 그치지 않고 흐를 소리.

사무실에 도착하면서부터 이가 딱딱 부딪칠 정도로 오한이 몰려온다. 그녀는 사무실에 남아 있던 인턴들을 퇴근시키고, 늦게까지 원고를 작성하고 수정에 수정을 거듭한다. 더운물을 끓여 재스민차를 계속 마셔보지만 오한은 가시지 않는다. 마지막 원고를 출력하고 수정자를 본 그녀는 본사 국장에게 보내는 메일함에 문서를 첨부해 예약한다. 시계는 자정을 향한다. 갑자기 견딜 수 없는 피로가 몰려온다. 오 의원 건 취재를 시작하면서 세 시간 이상 깊이 잔 적이 없다. 월드코리아, 물류창고를 비롯해 월드코리아와 관련된 사람들, 민예랑과 오 의원 사이에 낳은 두 명의 딸. 그들의 오래된 애정행각까지 취재할 수 있는 건 다 취재했다. 휴대폰 벨이 계속 울린다. 리의 번호다. 그녀는 받지 않는다. 그녀는 몸이 너무 뜨겁다고 생각한다. 집에 가려고 행거에 건 바바리를 집어든 순간 그녀는 무거워지는 눈꺼풀을 어찌할 수가 없어 책상에 엎드린다. 다시 전화벨이 울린다. 어렴풋이 보이는 전화번호는 집이다. 그녀는 간신히 수화기를 든다. 여학생이다.

"시간이 너무 늦었는데 안 오시니까. 걱정이 돼서요. 박선생님이 전화해보라고 하셔서."

"……어떡해. 혼자 집에 갈 수가 없을 것 같아……."

내일, 한국과 이곳의 경제인 미팅이 있는 날인데. 가물해지는 의식 사이로 어디선가 사이렌 소리가 들려온다.

그녀는 얼핏 박의 얼굴을 본 것도 같다. 자신의 익숙한 침대가 아니라는 생각을 하며 그녀는 다시 잠 속으로 빠져든다. 설핏 깼을 때 여학생이 그리고 완전히 눈을 떴을 때 사람들의 두런거리는 소리가 들려온다. 리와 국장의 목소리다.

"깼네, 윤여진 씨. 얼마나 잤는지 알아? 자그마치 열네 시간을 잤어."

"누가 절 여기로 데려왔어요?"

"집에 계신 분들이 응급차를 불러서 사무실로 간 모양이야. 암튼 무리했어. 내가 너무 부려먹은 모양이야. 미안해."

국장이 그녀의 손을 덥석 잡는다. 마치 아버지처럼 근심 어린 진정성이 전달되는 손이다. 뒤에 서 있던 리의 안타까움과 연민이 가득한 눈빛과도 마주친다. 그녀는 리에게 한마디도 하지 못한다. 리는 말없이 밖으로 나간다. 그녀는 침대에서 일어선다.

"이제 괜찮아요, 집에 가야죠."

시민권자가 아닌 그녀의 병원비도, 잡혀 있는 일정도 걱정이 된다. 그녀의 마음을 눈치 챈 듯 국장이 말한다.

"병원비는 격무로 인한 거니까 회사에서 지불할 거고, 아까 오 의원 비서가 치료비에 보태라고 금일봉을 놓고 갔어. 왜 그렇게 그쪽에서 신경을 쓰는지 모르겠어. 윤 기자가 나 모르게 뭔가 큰 거 한 건 가지고 있나? 치료비 걱정은 말고 있고 싶은 만큼 있어도 돼."

그녀는 국장의 부축을 받으며 자리에서 일어났다. 약간 어지러울 뿐 몸은 가벼워진 거 같다.

"오늘이 며칠이에요? 오 의원 귀국하는 날 아닌가요?"

"그러게, 오늘 여섯 시 비행기라는 것 같던데."

그녀는 자리에서 일어섰다.

"얼른 집에 데려다주세요."

국장이 뭐라는 것도, 담당의사가 과로로 일어난 탈진이라 더 쉬어야 한다는 만류도 뒤로 한 채 그녀는 환자복을 벗고

짐을 챙긴다.

집 앞에 국장을 기다리게 하고 그녀는 대충 옷을 갈아입고 급하게 공항으로 향한다. 영사와 항공사 지사장, 그 외의 사람들이 접견실에 나와 있다.

반색을 하며 다가온 오 의원이 그녀를 한켠으로 부른다.

"그렇잖아도 소식을 듣고 걱정했는데. 아직도 안색이 안 좋군. 여긴 안 나오셔도 되는데 무리하셨네."

"인사도 드릴 겸, 이거 돌려드리고 싶어서요."

그녀가 틈을 놓칠세라 내미는 봉투를 물끄러미 바라보는 의원의 눈에 복잡한 심사가 보인다.

"봉투를 뜯어보지도 않았구려. 액수를 확인했소? 그건 윤 기자 병원비라기보다 방송국 사업에 보태 쓰라는, 교민 사회를 위한 일종의 기부금이오. 알아보니 주파수 대여 기한이 지나 있더군. 재계약은 물론 대여비도 연체 중이고 그렇게 되면 의욕적으로 일하고 있는 윤 기자가 어려워질 거 아니오. 여러 가지를 고려해서 그런 형식으로 전한 거니 호의를 거절하지 않았으면 좋겠소."

"고맙습니다. 하지만 호의만, 그것만 받겠습니다. 돈은 사양하겠어요. 목적이 있는 기부금은 받을 수 없습니다. 잘 돌아가세요."

그때 돌연 그녀 쪽으로 몸을 바짝 붙인 오 의원이 그녀의 눈을 뚫어질세라 응시하며 낮은 목소리로 말한다.

“윤 기자, 혹시 여우와 사냥꾼의 이야기를 알고 있소? 여우와 사냥꾼은 아주 오래전부터 내려오는 전형적인 쫓고 쫓기는 캐릭터지. 익숙한 관계이기 때문에 여우는 사냥꾼이 어떤 경우의 수를 쓰더라도 속속 다 읽고 숨을 수 있어요. 사냥꾼이 여우를 당해낼 재간은 없을 거요.”

잠시 납덩이 같은 침묵이 흐르고 그녀가 말문을 연다.

“……사냥꾼이 적당히 총질을 해대서 여우를 겁주고 쫓아버리던 낭만적인 시절은 지나갔어요. 왜냐하면 여우가 교활해져서 겁만 주고 쫓아버리면 사냥꾼을 외려 물려고 한다는 걸 알게 됐거든요. 말씀 잘 들었습니다.”

봉투를 탁자 위에 올려놓고 돌아서는 그녀의 발목을 붙잡은 것은 오 의원의 다음 말이었다.

“내가 이런 말까지는 안 하고 싶었는데. 자네 본차이나에서 11년 동안이나 수석 디자이너였더군. 신제품 출시 과정에서 카피 누명을 쓰고 중도 하차한 게 맞나? 또 한국 지사 마케팅 전략팀의 수뇌였고. 차기 지사장으로 물망에 올랐었더군. 복귀되고 싶지 않은가? 자네 같은 인재가 본국의 소도시만도 못한 교민 방송국 일이나 한다는 건 국가적인 낭비지. 우리 집에도 아내가 애지중지하는, 자네가 디자인한 한정판 찻잔이 있어. 자네가 어디로 숨을 수 있다고 생각하나?

화려하게 복귀할 수 있도록 도와주겠네. 사냥꾼은 천부적이어야 하네. 자네에겐 그 근성이 부족해. 전의 회사도 어이없이 놓아버려 여기까지 흘러들어 온 게 아닌가."

오 의원이 속내를 꺼내 메스로 들이대는 걸 대면한 지금, 이 순간이야말로 그녀가 기다려온 순간이었다. 그녀는 오 의원에게 분명하게 해야 할, 거친 분노의 말이 있지 않은가? 그러나 잠시 멈칫하던 그녀는 뻣뻣해진 뒷목을 숙여 인사를 하고 돌아섰을 뿐이다. 분명히 바로 걷고 있는데도 허방을 딛고 있는 것처럼 다리를 곧게 펴기가 어렵다. 묵은 기억 속의 일그러진 자신의 초상이 순식간에 올라와 명치에 걸린다.

오 의원이 게이트를 나서기 전, 그녀는 리를 불러 사무실 근처로 온다. 커피전문점에 가려던 그녀를 카페로 이끈 리는 맥주를 벌써 여러 병째 비우고 있다. 그녀는 레모네이드를 마신다. 오늘은 꼭 오 의원에 관한 리의 의견을 들어야 한다.

"지역구 특산물, 형식은 공개 입찰이었는데 본국에서 알아본 바로는 월드코리아 단독 입찰이나 다름없었다네요. 입찰가를 다 알려주고 형식만 취한 거죠. 그것뿐만 아니라 종목만 다를 뿐 가지가지의 특혜가 부지기수더군요. 오 의원이 전에 뇌물수수죄로 어려웠을 때 그 뒤를 월드코리아 사장이 다 봐주었고, 월드코리아 사장 형이 또 대단한 권력자더군요."

리의 큰 눈은 핏발이 서 있다. 취기보다는 피로 때문인 것처럼 보인다.

"그게 문제가 아니고, 이봐요, 윤여진 씨. 몸은 괜찮아요? 입원까지 했으면서 당신은 날 보자마자 일 이야기가 먼저네요. 몸을 그렇게 안 돌보고 뭘 도모한다고. 왜 벌써 퇴원을 한 거예요. 그날, 그 비를 다 맞고 사무실까지 갔다면서요. 당신이란 사람, 참 알 수 없는 사람이야. 왜 날 이렇게 미안하게 만드는 거죠?"

리가 그녀의 이름을 부른 건 처음이다.

"사적인 이야긴 나중에 하고. 지금은 오 의원 이야길 좀 더 하죠."

그녀의 말이 끝나기도 전에 리의 말이 이어진다.

"난 당신에게 사적인 관심이 먼저 생겨 일도 같이 하고 싶어진 사람입니다. 당신은 공과 사를 구분하라고 하지만 그건 당신 같은 사람에게나 쉬운 일이지. 당신, 어떤지 압니까? 나에 대해선 다 알고 있지만 자신에 대해선 한 마디도 이야기하려 하지 않는 사람이야. 솔직하지 못하지."

"솔직하지 못한 게 아니라 말을 하지 않을 뿐이죠. 리 선배가 내 과거나 현재, 미래에 대한 생각을 안다고 무엇이 달라지나요?"

"그러게. 그게 참, 원하지도 않았는데 언제부터인지 당신에게 골똘하게 됐어. 당신 같은 사람을 들여다보는 게 도대체 얼마나 어려운 일인 줄 알아요? 당신도 그걸 모른다고 말할 순 없을 거야. 무리한 걸 바라는 것도 아니야. 난, 알고 싶을 뿐이야. 당신의 과거, 미래, 현재, 아픔, 기쁨. 왜 당신에겐 그런 게 중요하지 않은 거지? 어떤 말을 해야 당신의 미소를 볼 수 있는지, 어떤 말을 해야 당신이 가끔씩 슬픔을 감추지 못해 보이는 그 애매한 표정을 다독여 줄 수 있는지. 왜 주류사회에서 떠밀려와 이런 유배지의 삶을 선택했는지도. 당신이 싱글이 된 건지 아닌지도 너무 궁금해. 난 겉으로는 씩씩해 보이지만 안에서 상처를 키우고 있는 당신 같은 사람이 아니니까. 내 눈엔 다 보여요. 당신이 끌어안고 있는 그 상처들이 어느 순간, 확연히 보인다고."

"선배! 과음했어요? 피곤하네요. 일어서요."

"히야, 피곤하단 말을 하네. 한번도 피곤하다, 아프다, 힘들다란 말 못 들어봤는데. 당신도 피곤하단 말을 쓰긴 쓰는군. 그래도 오늘은 다 말하고 맙시다. 내가 얼마나 묻고 싶었던 걸 참고 있었는지 당신은 이해 못하겠지만. 보고 있으면 있을수록 불투명해지는 유리를 보고 있는 기분이야. 그렇게 투명한 얼굴을 하고서 왜 그렇게 내게, 아니 누구에게도 마음을 열지 못하는 이유는 뭐랍니까? 이 사람은 여기까지, 저 사람은 저기까지. 당신이 그어놓은 선까지만 허용하면서. 난 당신이 어디까지 갈 수 있는 건지 궁금해. 상처란 우리 아버지의 경우를 보더라도 드러내야 낫는 겁니다. 꼭꼭 싸매서 평생을 보관해 보라고. 당신이 정말 진심으로 한번이라도 웃을 수 있는 날을 만날 수 있는지. 사는 건 전쟁이 아니야. 사는 건 그저 새로운 시간을 맞아 살아내야 하는 거라구요. 가능하면 가볍게 기쁘게 말입니다. 그러려면 혼자는 절대 안 되지. 때론 부서지고 망가지면서 사람들과 함께 가는 겁니다. 아파서 쓰러지더라도 타인에게 기대는 법, 부탁하는 법을 모르는 당신은 뭐든 스스로 견뎌야 한다고 생각하지. 당신이 뭐 신이랍디까?"

이 남자는 얼마나 많은 말을 참고 있던 것일까. 활화산처럼 쏟아내는 리의 말에 대꾸하기에 그녀는 지쳐 있다. 거침없이, 의구심 없이 자신의 마음을 토해내고 있는 리에게서 그녀는 모처럼 '사람답다'라는 말을 떠올린다.

어느 쓸쓸한 저녁. 서울의 인사동 거리가 지독하게 그리울 때, 이 낯선 땅에서 그래도 속내를 털어놓고 싶은 유일한 사람이 리, 당신이었다고 말하게 될 날을 만나게 될 거라고 생각했던지도 모른다. 리의 다부진 어깨에 머리를 기대고 맑은 눈물을 한두 방울쯤 떨구며 따뜻한 위로의 말을 기다리는 그런 순간을 고대했을지도 모른다. 하지만 오늘은 아니다. 오늘은 오 의원의 일을 의논해야 하는 날이다. 어떤 말이라도 듣고 싶어 하는 리의 집요한 눈길을 외면하지 못하고 그녀가 마지못해 말한다.

"당신이 보는 나란 사람, 드라이하고 마음을 내보이지 않는 사람인 거죠. 맞아요. 나 그런 사람이에요. 사람과 기억을 나누면 뭐 하죠? 헤어지면 나눠지는 추억을 갖고 뭘 할 수 있나요."

"누군가를 만났었습니까?"

"타성이나 집착에 얽매이게 되는 걸 경계했지요. 그게 싫어서 가능성을 열어두지 않았어요. 그러다 누군가를 만나게 되었죠. 말 그대로 어느 날, 예상치 못한 일이 내게도 벌어졌어요. 교통사고처럼 만난 그에게 몰두하게 된 거죠."

"지금도 계속되고 있는 만남입니까?"

"……어느 날, 그에게 타성처럼 돼가는 관계를 왜 지속해야 하나 싶어 내가 먼저 이별을 청했고 그가 많이 힘들어했어요. 그래야만 하는 결정적 이유가 없었으니까. 문제는 그 후, 나 자신이었죠. 헤어지자고 한 그 순간부터 모든 게 말끔히 정리되는 건 줄 알았는데."

"그 후에는요?"

"……이런 이야길 계속해야 하나요? 더 하고 싶지 않아요.”

“오늘만이라도 일 이야기 말고, 윤여진 씨 이야기라면 뭐든 듣고 싶습니다.”

그녀는 리의 담뱃갑에서 말보로를 꺼내 불을 붙인다. 독한 연기를 들여마시자마자 머리가 핑 돈다.

“헤어지자 말하고, 그 사람을 아픔 없이 기억하게 될 때까지 많은 시간이 흘러갔어요. 끝없이 그가, 그와 함께했을 때 행복했던 스스로가 그리웠죠. 그를 마음속에서 정리했다고 생각했는데 서로를 사랑하지 않으면서 곁에 있는 사람과 좋은 시간을 기억하게 되는 게 더 힘들었어요. 차라리 볼 수 없는 먼 곳에 있다면 그리움이라도 남길 수 있었는데, 그와 있을 때, 그 시간의 정체가 더 겁났던 거죠.”

“여진 씨가 생각하는 그런 이유로 사람들이 이별을 하는 건 아니니까, 이별도 보편적인 이유가 아니면, 더 아플 수 있지요. 타성쯤은 어떤 관계든 있는 감정 아닌가요?”

“……그걸 한참 후에 아주 오랜 생각 끝에야 알았어요. 서로의 단점, 그러면서 조금씩 닮은꼴이 되어가며 타성을 견뎌야 헤어지지 않을 신뢰가 선다는 거. 하지만 되돌아가기엔 너무 늦은 거 같아요.”

리가 담배를 꺼내 들고 그녀의 담배에서 불을 당겨 간다.

“그가 지금의 남편이군요.”

"그가 지속하길 원했는데 거절했던 거, 그 거절에 얼마나 마음이 상했을까가 아픔으로 되살아왔어요. 내게 참 따뜻했고 나 또한 따뜻해지고 싶었던 사람인 것만은 틀림없는데, 시간의 한계성을 스스로 극복하지 못한 게 늘 가시처럼 걸려 있었지요."

"타성도 사랑의 한 형태예요. 그걸 넘어서면 모든 걸 극복하게 되는 거죠. 나도 그걸 깨닫느라 비싼 수업료를 치렀어요."

리가 선험자의 진리인 양 결론을 내린다.

"극복하게 되나요? 극복하면, 무얼 만날 수 있죠? 남과 여로 만나서 형제 같은 가족애를 느끼며 평생을 함께 가는 거? 그게 선배가 말하는 극복인가요?"

리는 말수가 줄었다. 한동안 서로 아무 말도 하지 않은 채 시간이 흘러간다. 리는 그녀의 얼굴을 바라보고, 그녀는 레모네이드 잔을 만지작거린다.

"선배가 알고 싶어 하니 기회에 확실히 말해둘 게 있는데, 헤어지지 않았습니다. 잘못된 소문이에요. 아직 그를 확실히 보내지 못해서 그럴 생각도 없구요."

그녀가 갑자기 단호한 어조로 말하며 핸드백을 집어 든다. 의자에서 일어선 순간, 다리가 허청 흔들린다. 그녀 뒤를 곧바로 리가 뒤따른다. 그녀는 생각한다. 왜 분명한 단어만 선택해 쓰고 더 단호한 어조로 말해야 나답다고 여기는 걸까? 이렇게 지나치리만큼 차갑게 말하지 않아도 되는데. 리, 어떤 의미에서는 이 땅에서 그녀가 의구심 없이 호의를 가지고 있는 단 한 사람인데. 관계에 실패한 기억에 사로잡힌 자의 두려움 때문일까? 모습을 다 보여주지도 못한 채 망설이는 사이 다른 사람들처럼 지친 리를 보내게 될 거다.

사무실에 들어온 그녀는 커피포트에 스위치를 넣고 물을 끓인다. 몰아치는 격랑을 잠재우는 유일한 법이 차에 기대는 것이라니. 더운물로 다기를 덥히며 그녀는 숨을 고른다. 차통을 열고 장미 몇 송이를 찻잔에 넣자 금세 꽃잎이 활짝 벌어진다. 리의 말들이 자신이 보여주었던 모습을 자꾸 돌아보게 한다. 리가 본 모습이 어쩌면 타인이 보는 그녀의 모습의 다일지도 모른다. 장미차를 마시는 동안 집에서 전화가 걸려온다. 박이다. 몸은 좀 괜찮으십니까? 제가 퇴근할 때 모시러 갈 생각인데. 아니, 됐습니다. 할 일이 많아서요. 전화 주시면 언제라도 모시러 가겠습니다. 그녀는 차를 마시며 박에 대해 생각한다. 그녀가 정신없이 밖으로 몰아치는 사이 박은 놀라우리만치 주부의 역할을 유능하게 소화해냈다. 자전거로 꽤 먼 거리의 대형마트에 가서 장을 봐오는 것은 물론, 세탁에다 쓰레기 분리수거까지 오래전부터 현지인이었던 거처럼 모든 일을 척척 해냈다. 집안은 늘 청결한 상태를 유지했다. 가끔은 누가 주인인지 그녀 자신도 헷갈릴 정도로 가사일에 적극적인 박이었다.

그녀는 컴퓨터의 전원을 켜고 메일함을 연다. 그녀가 기다리고 있던 본사 국장의 회신을 읽는다. 내용은 간단했다. 오 의원 건은 잘 읽었으나 당분간 보류하라는 것이다. 본국의 일간지 선배에게도 비슷한, 타이밍이 좋지 않다는 대답을 들었다. 어떤 커넥션이 느껴질 정도로, 어떤 경로든 오 의원 건은 다 차단되고 있는 듯한 의혹이 인다. 그녀의 답답증에는 기별이 없는 남편도 포함된다. 물론 남편답게 일이 원하는 모양새대로 틀이 잡힐 무렵에야 기별을 해올 거지만. 한국에 나갔다가 돌아오던 남편은 공항에서 일차 입국거부를 당했다. 머물 숙소의 주소와 현지인 주소를 댔음에도 출입국 횟수가 너무 잦다는 이유로 하루를 감금당한 후, 곧바로 다음 비행기로 한국으로 돌려보내졌다. 본국의 경제가 하향지수로 돌아선 후로는 한국인들이 종종 겪는 일이었다. 지나치게 자존감이 강한 남편이 그 과정에서 느꼈을 수치심에 그녀는 한없는 연민을 느꼈다. 남편은 자신이 옐로리스트에 올랐다며, 때문에 수속이 완전히 끝날 때까지 돌아오긴 힘들 거라고 했다. 그녀는 체류기간 연장을 위해 나갔던 4개월 전, 서울에서 남편을 만났다. 남편은 헤어지며 그녀의 저혈압을 걱정했다.

전화벨이 울린다. 수화기를 들자 남편이었다. 안부를 나눈 뒤 남편은 가라앉은 목소리로 말했다. 당신이 하고 있는 일의 특성상 나보다 당신이 취업이민을 하는 게 유리하대. 내 서류는 거절당했어. 그러니까 대행사의 말에 의하면 이혼을 하고 이민 수속이 완전하게 되면 다시 그곳의 법으로 결혼하면 된다네. 그렇다고? 그래야 수속이 빨리 된다네. 서류가 아마 오늘쯤 도착할 거야. 받는 대로 이쪽으로 빨리 보내. 건강 조심하고. 그녀는 아무 말도 할 수 없어 잠자코 듣고 있다가 수화기를 내려놓았다. 고작 알게 된 지 1년여 밖에 안 된 리에게는 마음을 털어놓으며, 십수 년을 함께 산 남편에게는 고작 건강 조심하라는 말밖에는 할 수 없다니.

남편의 말대로 서류는 다음 날 배달되었다. 그녀는 이혼 서류와 위임장에 도장을 찍고 인턴사원을 불러 빠른우편으로 보내주도록 부탁했다. 그녀는 그토록 원했던 이혼이 그렇게 간단히 처리된 게 믿어지지 않았다. 뒤이어 원하던 대로 됐다는 홀가분함보다 그녀는 뜻밖의 감정을 만났다.

정말로 남편에게 완전히 소외된 듯한 허망한 감정. 그녀에게 남편은 이제 더이상 '남자로서의 의미'가 아닌, 동의할 수 없는 낡은 책장의 한 구절처럼 여겨졌고, '무성애'로 대하게 된 것도 이미 오래였다. 그런데 지금 가슴속에서 들리는 무거운 돌덩이들이 구르는 이 소리는 도대체 어떤 감정인 걸까. 굳이 설명해야 한다면 오랜 시간, 같은 공간을 나누고 식탁을 나눈 연대감을 잃게 된 감정에 불과할 것이다. 집으로 돌아온 그녀는 애써 마음 안의 돌덩이들을 치우며 저녁 식탁을 차렸다.

교민회 선거전 유세는 치열했다. 열두 명의 후보가 올라오자 현 회장단은 선거법을 고쳐서 3만 달러의 공탁금을 후보자들에게 걸게 했다. 공탁금을 걸 수 없는, 재력이 없는 사람은 선거에 나오지 말란 뜻이었다. 그러자 후보는 세 명으로 줄었다. 그녀는 요즘 부쩍 전화가 잦아진 리와 통화를 한다.

"모레가 선거네, 참. 이 짓도 못해먹겠습니다. 교민은 4만밖에 안 되는데 왜 이렇게 바쁘대요. 하기야 본국 경기가 안 좋아지면서 불법 체류자가 2만 5,000이란 말이 떠도니."

"3만 달러의 공탁금을 걸면서까지 교민회 회장을 해야 하는 이유를 모르겠어요"

"그게 다 대통령 손 한 번 잡아보는 영광을 누리고 싶어서 아니겠습니까?. 내년에 대통령이 들를지도 모른다는 말도 있고, 그렇게 되면 교민회 주최로 만찬이 열릴 거고, 대통령과 마주 서서 악수 한번 해보자는 거지요."

"참. 한국 사람들은 정치적인 걸 좋아하는 민족성이 있나

봐요. 요즘은 어딜 가도 교민회 회장 선거 이야기에요."

"방송국에서는 어떻게 취재를 하십니까?"

"중앙방송국에서 개표 실황 생방 지시가 내려와서 하루 전부터 교민회 가서 텐트 쳐야 할 운명이네요."

"그렇게까지나. 하기야 다른 도시에서도 관심이 많을 겁니다. 이 선거 끝나면 연합회장 선거가 곧 있을 거고. 교민 총연합회 회장인 거죠. 현 회장도 당연히 출마하니. 그건 그렇고 저녁 시간은요? 얼굴 본 지도 꽤 됐는데 제가 그리 갈까요?"

"오늘 저녁은 선약이 있어요. 집에 가서 저녁상을 봐야 해서요."

수화기 저편에서 리가 말을 고르는 기미가 느껴진다.

"혹시 한국에서 손님이 오셨습니까?"

"아니오. 생일 맞은 학생이 있어서요."

이내 쾌활함을 되찾은 리의 목소리가 되돌아온다.

"아, 그렇군요. 저도 그 식탁에 초대해주시면 영광일 텐데. 물론 안 되겠지만……. 교민회에 위문이나 가려는데 사양하진 않으시겠죠?"

"……. 방문 선물을 스시로 지참하신다면 고려해보죠."

"하여튼 입맛도. 여기 일간지 기자 월급이 얼마나 된다고. 알겠습니다. 3개월치 가불을 당겨서라도 꼭 초밥으로 대령

하죠."

통화할 때마다 업무 외로 말이 부쩍 길어진다.

오랜만에 베트남 가게에서 장을 본 그녀는 집에 도착하자 서둘러 저녁 준비를 한다. 오늘은 여학생의 생일이고 그녀는 여학생이 좋아하는 베트남 쌈을 메뉴로 정했다.

그녀는 아보카도와 붉고 푸른 파프리카, 맛살, 햄, 오이 등을 길게 썰고 불고기볶음과 날치알을 모양 좋게 세팅한다. 갓 지은 고슬고슬한 밥을 볼에 담고 싱싱한 양상추를 샐러드볼에 아무렇게나 뜯어 놓는다. 마지막으로 굴로 맛을 낸 낸 미역국을 뜬다. 여학생도, 최도, 박도 모처럼의 식탁에 활기 있게 움직인다. 준비한 케이크를 중앙에 놓자 모두 원탁에 둘러앉는다. 그러나 자세히 보니 최가 어쩐지 잔뜩 풀이 죽어 있다.

"와우. 무척이나 근사한 식탁입니다. 한 달을 기다려온 보람이 있네요. 기대한 것이 바로 이거였어요. 바쁘신데 고맙습니다, 스텔라 씨."

여학생이 답례의 인사를 하고 촛불을 끈다. 모두들, 진심의 박수를 치는 이 순간만은 식사의 즐거운 낭만에 젖는다. 그녀가 뒷마당의 포도나무에서 수확한 것으로 담근 포도주를 한 잔씩 따르고 박이 건배를 제의한다.

"소원 비셨습니까?"

박이 여학생에게 물었다.

"아, 소원요. 당연, 스텔라 씨의 쾌유죠. 우리 모두 밥 못 얻어먹게 되는 줄 알고 얼마나 놀랐는 줄 알아요? 가만 보면 스텔라 씨 워커홀릭 증세가 있어요. 것도 중증. 일 좀 그만 하시고 건강 좀 챙기세요."

그녀가 웃으며 대답한다.

"네, 걱정하게 해서 미안해요. 다신 안 아플게요. 그럼, 이제 진짜 소원은?"

"이것도 소원이라고 할 수 있을지는 모르겠는데 영어를 국어처럼 하게 해달라고 빌어야지요."

여학생은 국문학 전공이었다.

"나름대로 우리말에 대한 자부심이 있었는데 약소국가의 국어라는 것이 얼마나 무기력한 것인지 뼈저리게 실감하고 있는 참이에요. 이 기회에 석사부터 다시 시작해서 영문학을 전공해볼까 하는 생각도 들고."

"그러게요. 약소국가의 모국어라는 게 참 힘이 없지요. 그러니 이 나라 사람들은 성인이고 우리는 어린아이가 된 기분입니다. 그들의 역사를 새로 배워야 하고. 본국에서는 영어를 자유롭게 구사하는 실력이라고 생각했는데. 여기 강사들, 어떤 건 우리보다 문법에 약합니다. 그런데 회화는 정작 밖에 나와서 아무짝에도 쓸모없는, 우리나라는 죽은 영어 교육을 하고 있어요. 모국어 교육의 중요성도 그다지 중요하게 가르치지 않고."

기운이 없어 보이던 최가 여느 때처럼 큰 목소리로 의견을 말하고, 페이퍼 위에 김을 깐다. 그 위에 쌀국수와 밥, 가지가지 채소를 늘어놓고 마지막으로 날치알로 덮는다. 어떤 요리든 자신만의 방법으로 음식을 먹는 취향이다.

"아하, 페이퍼 위에 김을 까네요. 그거 맛있겠어요. 저도 먹어봐야겠습니다."

박이 김을 집어들며 말한다.

"요즘 좀 어때요? 계획대로 잘 되어가고 있나요?"

그녀가 최를 보며, 묻는다.

"그럭저럭요. 형님이 도와주고 계셔서 잘 될 듯합니다."

"아 제가 뭘요. 최형이 더 잘하고 있는 걸요."

"두 사람, 뭘 같이 하고 있나요?"

두 사람의 대화가 그녀는 어쩐지 걱정스럽다. 인사 한번 나눈 사이로도 형님 동생 호칭을 바로 쓰며 뭔가 대단한 일을 하는 양 포장에 능숙한 남자들의 반질한 말이 의심스러웠고 그 결과 또한 늘 신통치 않았던 걸 종종 목격해왔던 그녀였다.

"아뇨, 최형이 취업이민이나 비자 내는 방법을 잘 알고 계시더라구요. 저는 제가 알고 있는 정보를 나누고 서로서로 돕는 거지요."

"아유 잘 알긴요. 제가 먼저 수속을 밟다 보니 좀 아는 거죠. 형님, 내일 다운타운에 나갈 시간 비워 놓으시죠. 제가 소개해드릴 분이 있다고 했잖아요."

"아. 그럼요, 비워놨죠. 같이 나갑시다."

최와 박 두 사람은 오래전부터 아는 사이인 양 친분이 무척이나 돈독해 보인다.

"아저씨 보고 싶으시겠어요. 이 댁은 아이도 없는데 왜 기러기 아빠신지? 한국에서 너무 오래 계시는 거 아닌가요?"

"그야 그쪽 일을 정리하시는 중이니까."

박의 질문에 잠자코 있는 그녀를 대신해 최가 대답한다.

"근데 사진 봤는데 인상도 좋으시고, 두 분 금슬이 좋으셨겠습니다."

"아저씨 정말 인상 좋으시고, 매너도 좋으십니다. 아마 형님도 만나면 좋으실 거예요."

"스텔라 씨, 자탄 아저씨가 오시고 집 안이 얼마나 깔끔해졌는지 아세요? 정말 살림을, 이렇게 말해도 되나? 딱 적성이세요."

자탄 아저씨는 박이 자전거를 타고 시내 어디든 쏘다닌다고 여학생이 붙여준 별명이다.

"맞습니다. 마치 주인아저씨가 돌아오신 거 같아요. 집 안 구석구석을 살피고 앞으로도 우리와 함께 계셔 주시면 좋겠습니다."

주인아저씨? 그녀는 최의 말에 신경이 쓰인다.

"과찬의 말씀. 그런데 제가 여쭤보지 않고 광고를 냈는데 괜찮으시겠지요?"

그녀가 수저를 멈추고 박의 다음 말을 기다린다.

"손님이 너무 없어 걱정이 돼 제가 교차로에 광고 신청을 했습니다. 내일부터 일주일간 게재될 겁니다."

박에 대해 조금이나마 생겼던 호의가 다시 의구심으로 바뀌는 순간이다. 단순한 호기심을 넘어 참견의 도가 지나치다.

"저한테 묻고 하셨어야 하는 거 아닌가요?"

"그게, 너무 바쁘시니까 얼굴을 볼 사이도 없고 또 제 말을……."

식탁에 함께 앉은 사람들이 그녀의 약간 높아진 목소리에 입을 다무는 걸 의식하며 그녀는 애써 화를 참는다.

"잘하셨네요. 이 집 세도 만만치 않고 곧 방학이니까 성수기고."

여학생의 말을 들으며 그녀는 식탁에서 일어선다. 더운 물을 다시 끓여 내며 베트남 쌈을 무척 즐기는 남편을 떠올린다.

집을 나서려던 그녀는 하이드로비 청구서를 들고 놀란다. 지나치게 액수가 많이 청구된 게 뭔가 문제가 있는 듯했다. 옆에서 그녀의 기색을 살피던 박이 청구서를 빼앗듯이 가져가더니 의기양양하게 말한다.

"제가 가서 해결하고 오겠습니다. 걱정 마세요."

교민회 강당은 마치 시장판처럼 소란스럽다. 투표가 끝난 현재 투표율은 전체 교민 인구의 30퍼센트를 밑돌았다. 선거는 정치적이고 싶은 그들만의 잔치라는 게 증명된 결과다. 그녀는 몇 번이나 방송을 그만두고 싶어진다. 개표가 중반쯤 접어들었을 때 그녀의 목은 벌써 잠겨온다. 그때 정말 스시 포장을 든 리가 출입구에서 손짓을 한다.

K주와 다음 연결까지는 한 시간 정도의 여유가 있다.

"잠깐, 시간 되죠? 저녁 먹고 합시다."

리는 성큼성큼 앞서 어린이 한글교실로 들어간다. 불을 켜고 책상에 포장을 펼친 뒤 젓가락을 쥐어준다.

"피곤하죠? 라디오를 내내 듣다 왔는데 여진 씨 프로 되려면 아직 먼 것 같더라."

"무슨 말이에요, 새삼스럽게. 방송을 배운 적이 있어야죠. 당연히 아마추어인걸."

"그래도 경력이 있는데. 이 방송이 탐탁지 않은 거죠? 목소리는 자꾸 높아가고 하기 싫은 거 억지로 하는 게 티가 납니다."

연어 초밥을 먹으려던 그녀가 가볍게 웃음을 터트린다.

"그러게, 눈치챘구나. 정말 하기 싫어요. 근데, 그렇다고 하면 야단맞을 일 아니에요?"

"여진 씨에게 민감한 사람이 나 말고 또 누가 있겠어요. 난, 그런 여진 씨가 마음에 드니까 걱정 말고. 사람 같잖아요. 그리고 참, 경력을 차분히 쌓다가 우리 회사로 오시죠. 우리 국장이 여진 씨를 잘 봤더라구요. 보는 눈은 있어서. 하하하."

"암, 그러게 보는 눈은 있군요. 그런데 제가 거기 가서 뭘 하게요?"

"TV 개국 준비를 하고 있습니다."

"정말요? 굿 뉴스네요. 하지만 전 TV 체질 아니죠. 화면에 얼굴 광고하는 거, 일찍부터 사양이에요. 다른 분 알아보시죠."

일간지에서 TV 개국을 준비하고 있다는 말을 들으며 그녀는 마음이 따스해진다. 본국의 일간지 기자였던 지사장은 낯선 땅에서 하루하루 버거움을 감내하면서 교민들의 영역을 확장해나가는 일에 몸을 아끼지 않는 것이다.

본국에서 아무런 관심도 두지 않는데 그들은 자신들의 말을 잊지 않으려 이민 2세에게 한국말을 가르치고, 그들의 미디어를 만드느라 애쓰고 있다. 공항에 내리니 단돈 35달러가 전부였다던 이민 1세대, 교민회장은 치기공사 기술을 배워 이젠 직원을 여럿 둔 사장이 되었다. 그들이 이민 성공담을 들려줄 때마다 지루하긴 해도 그 과정은 그녀에게 감동을 주었다. 초밥을 먹고 리가 준비해온 커피를 마신다. 생각에 잠긴 그녀를 물끄러미 바라보던 리가 말한다.

"타이밍이 좋지 않은 건 알지만 물어볼 게 있는데 대답해줘야 합니다."

"가벼운 것만, 복잡한 건 싫어요."

가볍게 도리질을 하며 그녀는 자신도 모르게 응석이 섞인 어조가 되는 걸 스스로 느낀다.

"그래도 한 가진 꼭 알아야겠습니다. 수속이 잘 안 되고 있는 거 맞죠? 내가 뭐 도와줄 게 없을까요? 아니, 솔직하게 물을게요. 여진 씨 수속이 안 돼 돌아가는 일은 없는 거죠? 난 한국에서 거부당한, 희망이 없는 사람이에요. 그러니 여진 씨도 여기 있어야 합니다."

"………."

"서류상으론 깨끗하게 정리가 됐더군요."

"선배, 내 뒷조사를 했어요?"

"미안한 일이었지만 본의는 아니었어요. 우리 소문이 파다하니까 아버지가 알아보셨던 모양이에요. 그 집, 렌트비가 감당이 돼요? 방송국 수입이야 빤한 거고, 지금 렌트하는 사람들도 없고, 한겨울에는 연료비도 많이 들 텐데, 방이 열 개나 된다면서요. 이참에 정리하면 어떻겠어요?"

예상치 못했던 리의 질문에 그녀는 순간, 당황한다.

"걱정은 고마운데 제게 생각이 있어요. 알아서 할 거예요. 그런데 어디서 그렇게 소상히 들은 거죠?"

"그 집이 교민회장 친구 집인 건 다 알지요? 회장이 걱정을 합디다. 방송국에서 더 일하려면 확실한 신원 조건도 갖춰야 하고."

그녀를 지나칠 정도로 염려하는 말을 주변에서 자주 듣게 된 것은 남편이 본국으로 돌아가고 나서부터였다. 국장도 아들이 살고 있던 집이 2년 동안은 비어 있을 것이니 집을 정리하고 그곳을 사용하라고 했다. 교민회장, 별명이 스피커인 그가 어떻게 떠들고 다닐지는 불을 보듯 훤했다. 그러나 리의 순수한 걱정만은 그렇게 받을 수가 없다. 갑자기 그녀의 마음, 저 깊은 곳에 무수한 물방울이 방울방울 맺힌다. 리가 지금 이 순간, 그녀의 쓸쓸하고 시린 등을 쓸어준다면 오래도록 리의 품에 안겨 있을 거 같다. 하지만 사는 것에 대한 걱정이야말로 삶의 한가운데 서 있을 때에야 할 수 있는 일인 것을. 이만한 일로 리에게 안길 수는 없다. 지금은 홀로 견뎌야 하는 사막의 시간이다.

"한 가지만 더 묻겠습니다."

"시간이 벌써 다 됐네요, 큐 사인 들어올 시간이에요. 초밥 잘 먹었어요."

그녀는 벌떡 일어서서 총총걸음으로 현장을 향해 간다. 결국 신임 회장은 현 회장단에서 밀었던 인물이 당선됐다. 당선자의 소감까지 방송하고 나자 시간은 열한 시가 조금 넘어 있다. 그녀는 새벽 방송까지 마치고 나서야 잠자리에 든다.

아침 식탁에서 그녀는 박과 여학생에게서 놀라운 이야기를 듣는다. 최가 본국에서 온 방문자들에게 비자를 만들어 줄 수 있다고, 한인 식당에 소문을 낸 뒤 여러 사람에게 돈을 받아 자취를 감췄다는 거다. 이곳에서 가끔 일어나던 일을 소문으로만 들었는데 그런 일을 그녀의 집에 묵던 사람이 저지르다니, 그녀의 가슴이 방망이질 친다. 다행히 박과 여학생에게는 피해가 없었지만, 최가 여학생에게도 돈을 빌리고자 했으며, 박에게도 역시 미국 비자를 내주겠다고, 사람을 소개시키며 수수료를 챙기려고 했던 게 확인되었다. 벼룩의 간을 빼먹지, 불법 아르바이트로 랭귀지 스쿨 학비를 마련하는 여학생과 그녀의 집에 빌붙어 의식주를 해결하는 신세의 박에게 돈을 갈취할 생각을 하다니. 그녀는 최가 과장이 심한 걸 알고는 있었지만, 의도적으로 일을 저질렀다는 게 믿기 어려워 오금이 떨려왔다.

그녀는 마트에 가서 부식을 배달시킨 뒤 집으로 다시 돌아왔다. 월드코리아 장부를 기업인 회장에게 주어야겠다고 생각했던 거다. 안 좋은 일이 터지면 조급해지는 건지, 그녀는 뭔가에 쫓기는 불안한 심정이 됐다. 뒷문을 열쇠로 열고 들어서자 뜻밖에도 낯선 사람들이 식탁에 앉아 있었다. 얼른 보기에도 다섯은 넘어 보였다. 그녀는 앞을 막아서서 변명하는 박을 그대로 지나쳐 빠른 걸음으로 복도 끝에 있는 방 앞에 섰다. 그리고 방문을 활짝 열어젖혔다. 방 안은 옷가지며, 이불이며 피난민 방이 따로 없었다. 그녀는 홱 돌아서서 뒤따라 온 박에게 소리쳤다.

"도대체 내 집에서 뭘 하는 거예요. 내 집에서 사기를 치고 달아나지를 않나, 빈방에 사람을 들여 돈을 받질 않나. 지금 이 짓거리가 사기죄에 해당되는 걸 모르고 했다고는 하지 않겠죠?"

"스텔라 씨. 그게 아니고, 진정하시고 좀 앉아서 제 말을 들어보세요."

"처음에는 잔디를, 주방을, 그 다음엔 방을 빌려주고 있었나요? 당신, 돈밖에 모르는 사람이잖아. 내 눈을 속이고, 사람들한테 돈을 받고 비어 있는 방을 쓰게 하는 걸 내 눈으로 다 봤는데 아직도 내가 들어야 할 말이 있어요? 내가 그렇게 만만해 보여요? 여자 혼자 이 집을 건사하니까 우스워 보이냐고. 경찰을 부를 거야. 경찰 부르기 전에 당장 내 집에서 나가요. 나가라고요!"

그녀는 박의 방문을 열고, 닥치는 대로 박의 옷가지며 책을 복도로 내던졌다. 그녀의 놀람은 공포감으로, 공포감은 사람들에 대한 참을 수 없는 분노의 연쇄반응으로 돌출됐다. 마구잡이로 물건을 집어던지는 그녀에게 그들 중 한 사람이 나서서 말했다.

"그게 아닙니다. 그게 아니고, 죄송합니다. 저희가 갈 데가 없어서 공원에서 자고 있는 것을 보고 이분이 저희를 이리로 데려왔어요. 저희가 오지 말았어야 하는데. 돈이라니요, 먹여주고, 재워주고 이분이 다 하셨는데……."

악다구니를 쓰던 그녀는 그 말을 듣자 맥이 풀려 바닥에 주저앉았다.

"……기가 막혀서 말이 안 나오네. 당신이 뭔데 내 집에서 그런 일을 내 동의도 구하지 않고 하는 거예요? 여기가 무슨 자선단체예요? 렌트객이 없어 이 덩치 큰 집 렌트비도 제대로 못 내고 있는 거 알기나 해요? 동포라는 이름으로 내 집에 와서 뭐든 앗아가려는 사람들, 이제 지긋지긋해. 다 필요 없어. 나가요. 이 사람들 다 데리고 당장 여기서 나가요."

2층으로 뛰다시피 올라온 그녀는 도저히 마음이 가라앉지 않아서 국장에게 이 상황에 대한 조언을 들을까 망설이다 두통약을 찾아 먹고, 억지로 잠을 청했다. 무서웠다. 방문자 신분으로 사는 이 땅, 복병처럼 숨어있는 돌부리에 언제 걸려 넘어질지 모르는 이 낯선 땅이 무서워 사지가 벌벌 떨렸다. 이곳에 와서 사는 이민 1세대들의 삶도 그녀와 별반 다르지 않았다. 성공한 몇몇 사람을 제외하고는 아무리 최상의 것을 누린다 해도 타국인들은 여전한 곁방살이에 불과하다는 걸, 그들의 안쓰러운 모습을 통해 그녀는 날이 갈수록 체감하고 있던 터였다. 침대에 모로 누워 머리끝까지 시트를 뒤집어쓰고 애써 잠을 청하지만, 잠은 쉬이 오지 않는다. 그때 누군가 계단을 올라오는 소리가 들리더니 곧 방문을 두드린다.

"스텔라 씨. 잠깐 좀 나와 보세요."

박의 목소리였다. 그 밤에 누구도 다시 보고 싶지 않은 그녀가 아무 기척을 내지 않자 다시 문을 두드린다. 그제야 그녀는 무거운 몸에 나이트가운을 걸치고 거실로 나와 소파에 앉는다. 박이 다탁 위의 따뜻한 차를 건넨다.

"이거 마시면, 좀 괜찮아질 겁니다. 미안합니다. 놀라게

할 생각이 아니었는데."

박의 얼굴이 잔뜩 굳어 있는 것이 정말로 미안한 기색이다. 하지만 한 치 사람 속을 어떻게 알겠느냔 말이다. 최도 정중한 사람이었다. 그녀는 사람이 무섭다. 근사하게 자신을 치장하고 다가서서 속이려 들면, 속을 수밖에 없다. 낯선 이에게 방을 임대하는 건 너무 많은 위험에 노출되어 있다. 여기, 이 먼 나라까지 와서 도대체 나는 뭘 하고 있는 건가? 남편은 왜 이혼서류를 갑자기 보낸 걸까? 정말 그 방법밖에 없었던 건가? 꼭 필요할 때 한 번도 곁에 없는 사람. 그녀가 남편을 못 견뎌한 이유는 바로 그것이었다. 박에 대한 화가 남편에게로 옮겨간다. 그녀는 본국으로 돌아가고 싶다는, 안전한 내 나라로 돌아가고 싶다는 생각에 사로잡힌다.

"왜 불러냈어요?"

잔뜩 뜸을 들이던 박이 입을 뗐다.

"……그러니까, 어디서부터 이야길 해야 하나. 사실은 나 스텔라 씨 남편분 친구입니다. 그 친구가 절 여기로 보낸 겁니다."

처음에 그녀는 박의 말을 얼른 이해하지 못했다.

"뭐라구요? 그걸 저더러 믿으라는 건가요? 그렇다면 남편이 기별을 했겠지요."

"여기 와서 보니 그 친구가 날 왜 그렇게 이곳으로 보내려

설득했는지 이해가 돼요. 스텔라 씨 혼자 있는 것이 불안했던 거겠지요. 원래 자신의 감정을 제대로 설명하는 친구가 아니라서."

그녀의 커진 눈을 보며 박은 사진집을 그녀 앞으로 밀어 놓는다.

"저는 사진 작업하는 사람입니다. 속이려고 속인 게 아니고, 제가 누구란 걸 알면, 아무래도 더 신경이 쓰이실 거고, 하시는 일도 있는데, 불편해 하실까 봐서요. 또 친구 말이 우렁총각 행세를 단단히 하라는 당부였어요. 스텔라 씨를 속인 게 안 됐지, 전 나름대로 특별한 경험이었습니다. 그 친구, 한동안 못 봤었지요. 군대 제대하고 몇 번 못 봤는데 전시회 때 찾아왔더라구요. 느닷없이 찾아와 제가 사진 작업한 것을 봤다며, 타국에 사진을 찍으러 가지 않겠느냐고 하더군요. 숙식은 해결이 될 거라면서, 그 친구 주제까지 정해줬어요. 생각해보니 적절한 작업 같았고, 덕분에 작업 많이 했습니다.

한국의 경제사정이 나쁜 건 알았는데 밖에서 느끼는 체감온도는 훨씬 낮더군요. 공항이나 공원, 한국인 식당에 가보면 온통 한국 남자들 천지에요. 아무 대책 없이 무작정 관광비자로 나와 떠돌다 불법체류자가 된 사람도 많고. 기회를 봐서 국경을 넘어가 거기서 미국 비자를 만든다는 사람도 있고. 사진 찍는 동안 그네들의 삶이 참 아팠습니다. 나 자신이 주제와 동일시되는 경험을 하려고 노력했고, 오갈 데 없는 사람을 만나면, 스텔라 씨 모르게 빈방에 재우기도 했습니다. 날도 찬데 공원에서 자는 사람을 두고 올 수가 없었어요. 스텔라 씨가 나를 싫어하니 의논도 할 수 없었고. 미안합니다. 이제 돌아가 전시 일정을 잡을 겁니다. 스텔라 씨 사진도 틈틈이 찍어봤는데 허락하신다면, 전시해보려구요. 전시회 제목은 '자전거 타는 남자'로 할 생각입니다. 나름대로 도와드리려 했는데, 결과적으로 별로 도움이 못 되어 드린 듯해 친구한테 면목이 안 서네요."

한번도 상상해보지 못한 상황을 설명하는 박의 말을 들으며, 어느덧 그녀 안의 따스한 것들이 스멀스멀 흘러나와 바다를 이룬다. 그리고 그 따듯한 것이 그녀가 남편에게 소외되었다고 생각될 때마다 생긴 수많은 가시들을 뽑아내고 있었다. 박은 활발하게 활동하는 사진작가였다. 박을 이곳으로 보낸 건, 입국을 거절당한 남편이 아내를 타국에 볼모로 잡혀놓고 할 수 있는 최선의 일이었을 것이다. 생각을 행동으로 옮길 때까지 많은 시간이 필요한 남편, 늘 그녀와 어긋나던 타이밍의 남편이 그렇게 하기까지 얼마나 많은 시간을 생각하고 움직였을지가 한순간에 그려지면서 그날 밤, 그녀는 더운 눈물을 하염없이 흘려야 했다.

스텔라 씨, 눈이 와요. 눈이에요. 여학생의 들뜬 목소리에 그녀가 후다닥 자리에서 일어난다. 크리스마스이브인 오늘, 정말 눈이 온다면 그녀는 거리로 취재를 나가야 한다. 21년 만에 도시가 화이트데이가 될 거라는 기상예보가 있자 백화점에서는 발 빠르게 판매 촉진을 위한 갖가지 이벤트 상품을 내걸었다. 그녀는 거실로 나와 테라스에 선다. 창밖에는 소담스런 함박눈이 펄펄 내린다. 눈은 밤새 내렸던 듯 정원에 소복이 쌓여 있다. 부지런한 박이 현관에 길을 내느라 부산하다. 그녀는 박이 구워놓은 토스트와 커피로 아침을 먹고 집을 나선다.

"길도 미끄러운데 제가 모셔다 드릴까요? 여왕마마가 어떻게 이 눈길을 걸어가시겠습니까?"

"자전거로 데려다주겠다는 말이죠? 오늘 같은 날은 대중교통을 이용해야죠."

눈 탓일까? 박의 과장 섞인 말도 선선히 들린다. 지내볼수록 의지가 되는, 자신의 쓰임을 알고 움직일 줄 아는 사람이다. 버스정류장까지 가는 길은 고즈넉하다. 이따금 가지에 앉았던 새들이 날아오르며, 가지 위의 눈을 턴다. 부츠를 신은 정강이까지 푹푹 빠지는 눈을 즐기며, 그녀는 모처럼 아름답다는 말을 떠올린다. 이곳에서 처음으로 만난 눈으로 인해 그녀의 마음도 설렌다. 버스 안에서 리에게 걸려온 전화를 받는다.

"굿모닝, 화이트데이. 어디쯤입니까? 지금 방송국 근처인데."

"오분 거리에 있어요. 이렇게 일찍 무슨 일로 오셨어요?"

"얼굴 보고 이야기합시다. 스타벅스에 있을게요."

그녀는 사무실에 들어가 K주와 방송 스케줄을 짜고 스타벅스로 간다. 리는 가게 앞에서 눈을 맞으며 서 있다.

"애들도 아니고 눈이 와서 온 건 아니죠?"

그녀가 웃음을 띠며 농담을 건넨다. 리가 그녀에게로 다가와 주머니의 손을 꺼내 그녀의 뺨을 감싼다. 친근해지기 전에는 리의 기습적인 행동이 몹시 불쾌할 때가 있었다. 하지만 이제 그녀는 이런 리가 싫지 않다.

"뺨이 참 이쁜 거 알고 있습니까? 여진 씨가 주현미 공연 때, 사회 보는 모습을 봤어요. 무대 위에서 뺨이 빨갛게 상기되어 있더군요. 얼마나 이뻤던지. 좁은 동네인 이곳에서 처음 보는 얼굴인데 누구일까, 정말 궁금했어요."

"어른에게 볼이 이쁘다니요."

"이쁜 걸 이쁘다고 하지 뭐라고 그럽니까? 이거 크리스마스 선물입니다. 앙드레 가뇽을 좋아하는 것 같아 1집부터 8집까지 다 샀습니다. 6개월 치 점심값, 다 털었으니 날마다 점심 사세요."

"전 선물 준비 못했는데."

"그거 잘 됐네. 선물 대신 제 말을 들어주시죠. 아버지가 여진 씨 팬인 건 알죠? 가까운 날에 아버지를 만나줘요. 하실 말씀이 있으시답니다."

"……앞으로 더 바빠질 것 같은데."

"그래요. 연말 지나고 새해에 자리를 만듭시다."

"………."

"아, 그리고 공적인 일인데, 오 의원 자료 아직 가지고 있죠? 그거 우리 신문사에 넘기시죠. 국장이 그걸 터트릴 시점이라고 자료를 모으는 눈치라서 여기서 날려보려구요. 혹시 본국에서 홈런을 쳐서 승진이라도 할지 알아요?"

"그 건에 대해 아무것도 묻지 않더니. 무슨 일 있어요?"

"지금 여성단체에서 오 의원 추문이 모락모락 흘러나오고 있는데 터져서 김이 새기 전에 우리가 가지고 있는 걸 먼저 날려야죠."

"………."

"왜, 문제 있습니까?"

"그 파일, 제가 가지고 있지 않아요. 이미 삭제했어요."

"아니, 그 파일 어렵게 만든 지 얼마나 됐다고 삭제라니

오. 납득할 만한 이유를 대야지.”

“말하고 싶지 않은데, 꼭 그래야만 할 이유가 있었어요. 더이상 묻지 말아줘요.”

눈이 펄펄 내리는 풍경 한가운데 리를 두고 그녀는 돌아선다. 리의 따가운 눈빛이 그녀의 등을 금세라도 관통할 것 같았다. 일상 어딘가에 숨어 있다 예고 없이 출현하는 복병, 그때마다 미묘하게 달라지는 사람들과의 관계. 그녀가 생각 안의 말을 입 밖으로 함부로 내지 못하는 이유고, 타인에게 사적으로 불친절해지는 이유였다. 이원 생방송으로 눈 풍경을 방송하는 그녀의 마음 안에는 종일 진눈깨비가 내린다. 그때, 그녀가 오 의원 일을 의논하려고 했을 때 리가 타이밍을 놓치지 않고 들어주었다면 일이 어떻게 진행되었을까? 이젠 더이상 선택의 여지도 시간도 없다.

박과 긴 시간, 말을 나눈 그녀는 박이 1층으로 내려간 뒤 주방에서 치즈와 먹다 남은 포도주를 찾아낸다.

고작 두 잔 마셨을 뿐인데 리의 얼굴이 그녀의 머릿속에서 터질 듯 클로즈업돼 있다. 그녀의 슬픔에 주의를 기울여주었던 타인, 기꺼이 그녀를 위한 비무장지대가 되어주었던 리. 그녀는 수화기를 들고 번호를 누른다.

“헬로? 여보세요?”

리의 목소리, 리도 아직 잠들지 못한 것이다.

“나예요, 여진이. 지금 이리로 와줄 수 있어요? 아니 통화만 하는 게 낫겠어요.”

“무슨 일 있어요? 아까, 낮엔 미안했어요.”

“………”

“가끔 여진 씨는 먼데 사람 같아요. 그게 더 서운했습니다. 한번도 내가 묻는 말에 솔직하게 대답해주지 않으니까. 내가 보고 있는 만큼, 여진 씨도 분명 날 보고 있는 건 알겠는데, 어떤 때는 여진 씨가 나를 버린 한국보다도 더 멀게 느껴져요.”

술 탓이었을까. 나직한 리의 목소리를 들으며 참을 수 없게 울음이 복받친 것은 그때였다. 한동안 숨죽여 우는 그녀의 울음소리를 듣던 리가 말한다.

“지금 우는 거 맞죠? 슬퍼서 울고 있는 걸 텐데 왜 난 기분이 좋은 거죠? 앞으로는 평화 시에만 무장해제가 아니라 비평화 시에도 무장 해제하겠단 뜻으로 들려서 그런가 봅니다. 오늘 종일 생각해봤는데 우리가 서로에게 한 걸음도 더 나아가지 못하고 답보 상태에 있는 건 바로 그것 때문이더군요. 여진 씨가 편한 말만 골라 하고 부러 명랑한 척하는 그거요.”

“미안해요, 이러고 싶지 않았는데, 전화 끊을게요.”

"잠깐만요. 나니까, 날 의지하고 믿어주니까 우는 거 아닙니까. 여진 씨 아무에게나 울면서 전화하는 사람 아니잖아요. 꼭 울어야 한다면 내 앞에서만 울어야죠. 내가 그리 갈게요. 보고 싶어요. 아까, 돌아서면서부터 한 가지 생각밖에 없었어요."

"아니, 오지 마세요. 미안해요. 정말, 선배에게 말로 할 수 없을 만큼 미안해요. 날 이해 못해도, 날 이해해도 난 그저 미안할 거예요."

아직도 리의 목소리가 들려오는 수화기를 그녀는 가만히 내려놓았다.

그녀의 카피 사건 뒷배경에는 오 의원의 정치 후원금을 대는 경쟁 패밀리사가 연루되어 있었다. 그녀가 21세기 클럽에 가입을 거부하고, 오 의원 패밀리 계열 회사의 스카우트 제의를 거절하자 그녀에게 되갚은 그들. 그들을 거절하는 사람들을 용의주도하게 몰아내는 그들의 방식. 그녀도 오 의원이 그녀에게 했듯이 그것을 되갚아주고 싶었다. 21세기 클럽에 구성된 명단과 그들의 취재 과정에서 그녀는 경악했다. 오 의원의 패밀리는 이미 부패할 대로 부패해 있었다. 그녀는 매스컴에 그녀가 취합한 오 의원의 추잡한 짓거리를 세상 사람들에게 열람시켜 모멸감으로 되돌려주고 싶었다. 오 의원이 무너지는 것을 보고 싶었다.

그녀가 겪은 방식대로 갚아줘야 세상의 형평성에 맞는 것이라고 마음을 다지던 그녀는 그러나 다른 결정을 내렸다. 그녀는 오랜 고민 끝에 회사로 돌아가기로 했다. 그녀 자신 때문이기도 했지만, 남편 때문에 그녀는 그런 결정을 내려야 했다. 아직 소속될 곳을 찾지 못한 남편에게 돌아가야 한다면, 그녀라도 돌아가야 할 곳이 있어야 했기에. 귀국 일정이 예정보다 당겨진 건 리가 전한 오 의원의 추문 때문이었다. 오 의원과의 딜은 오 의원이 지금의 위치에서 건재해야 지켜질 것이다. 그녀는 오 의원 파일을 본국 일간지 정치부 부장에게 송고하는 대신 오 의원의 딸을 키우고 있는 민예랑을 만났다. 민예랑은 오 의원과 그녀 사이의 완충지대 역할을 훌륭하게 소화해냈다. 딜은 성공적이어서 그녀는 전 회사에서 원한다면 복귀를 시켜주겠다는, 또한 그녀의 카피 혐의가 무혐의 처리되었다는 정중한 사과의 메일을 받았다.

공항에서 그녀는 막 P나라에 도착한 무수한 한국 남자들을 만난다. 주류에서, 익숙한 삶의 방식에서 밀려난 유랑인의 초조함과 피로를 감출 수 없는 얼굴이다. 신정부가 들어서서도 여전히 사회보장비는 OECD 회원국 중 하위 수준에 머물고 있다. 어느 나라에도 없는 삼학도, 사오정, 오륙도의 신조어를 만들어내며 밖으로 밖으로 밀려난 국가의 남자들이 달랑 배낭 하나 들고 찾아오는 이곳. 그들 중 누군가는 투자 이민이 손쉽다는 질 나쁜 브로커에 속아 방문객의 신분으로 가진 돈 전부를 권리금이 디포짓보다 더 비싼 그로서리를 인수할지도 모른다. 어쩌면 운 좋게 리처럼, 국장처럼 사심 없는 사람의 손을 잡을 수도 있을 거다. 어쨌거나 잊지 말 것은 사람이 발 딛고 선 어느 곳이나 사람들이 살아가는 모양새는 비슷해서 권모술수와 순진이 공존한다는 거다. 이 땅에서 자전거를 타게 될 동포여. 모쪼록 건투를 빈다. 그들을 바라보는 그녀의 얼굴이 숙연해진다.

비행기가 육중한 동체를 움직이며 이륙할 준비를 한다. 뒷일은 박이 꼼꼼하게 정리할 것이고, 여학생은 어제 먼저 떠났다. 얼굴을 보면 그녀가 움직일 수 없을 것 같은 국장과 리에게는 메일과 오 의원 파일을 남겨두었다. 국장이 당장은 납득을 못해도 그녀를 이해하게 되고 말 사람이지만 리는 어떨지 알 수 없는 일이다. 강해 보여도 이미 성장과정에서부터 상처를 면할 수 없었던 사람. 어쩌면 그녀는 그런 닮은꼴에 마음이 쓰였는지도 모른다. 오 의원의 파일이 리가 애증의 땅이라 부르는 그 땅으로 귀환할 수 있는 역할을 해주기를 바랄 뿐이다. 그녀는 창가에 머리를 기대고 시야 가득 들어찬, 불빛이 반짝이는 비 오는 시가지를 바라본다. 그날 밤, 그녀의 눈물이 리에 대한 마지막 예의였다는 걸 리는 알게 될까?

리. 타성을 극복하는 방법을 아직도 배우지 못한 나는 새로운 타성에 젖게 될까 봐 두려웠던가 봐요. 그곳과 함께 당신, 사막 같은 내 생, 그 순간의 오아시스 같은 것이었다고, 그러나 오래도록 그 시간을 지나쳐 가야 했던 '우리'를 아픔으로 기억하게 되겠지요.

휴대폰의 벨소리가 울린다. 박이었다.

한 달 후엔 저도 서울에 가겠네요. 집주인과 통화했는데 잘 정리될 거 같습니다. 친구가 공항에 나올 겁니다. 친구 하나는 잘 됐다며 한턱 단단히 쓴다네요. 그럼 후에 뵙시다.

휴대폰의 전원을 끄고, 그녀는 내내 불편한 심정을 오 의원의 치부를 팔아 본래의 자리를 되찾은 거라고 애써 위로한다. 한 치 앞을 못 보는 경제 환란 중에 살아남아야 했다고, 또한 오 의원의 정치적 생명은 그녀가 아닌 그 누구라도, 당장 기업인협회회장과 리가 단죄할 거라고, 애써, 누더기를 입은 듯 비루한 자신을 달랜다.

그러나 그녀. 그 불편함의 정체가 자신이 동포의 돈을 가로채 달아난 최나 오 의원과 다르지 않다는 것에서 비롯되었다는 것을, 지병처럼 지니고 살게 될 낯 뜨거운 감정이 되리라는 것을 예감한다. 나직이 그녀는 중얼거린다. 오 의원과 딜을 한 나는 오래도록 부끄러움을 지병처럼 지니고 살게 될 것이라고. 그녀는 깊은 한숨을 내쉰다.

인천공항에 마중 나온 '형제'를 만나면 뭐라고 해야 할까. 당신이 친구를 보낸 그 최상의 배려가 내가 멀리 있는 타자였기에 가능한 것이었느냐고, 이제 당신 곁으로 가는 나를 타자가 아니라는 이유로 다시 소외시키겠느냐고 물어야 하는 걸까. 자가용보다는 자전거를, 자전거보다는 도보 이용이 세상을 딛는 확실한 자신의 방식이라고 믿는 남편. 방문객으로서의 여정을 마치고 안전하게 돌아왔다고, 사막을 견딘 선인장이 되어 다시 전쟁 같은 일상을 치러낼 비장함을 무기로 가져왔다고. 마침내 당신의 그 아랍어 같던 '언어'를 이해하게 되었노라고, 여러 사람과 여러 번의 사랑이 아닌, 한 사람과 여러 번의 사랑을 할 수도 있다는 걸, 드디어 타성의 늪을 어떻게 벗어나는지 조금, 알게 됐다고 말이다.

기내에는 때마침 선곡된 남편이 좋아하는 앙드레 가뇽의 마이 퍼니 밸런타인(My Funny Valentine)의 첫 음이 울려 퍼진다. 떠나왔던 곳으로 귀항하는 대한항공 보잉 747기가 이륙할 준비를 마치고 허공을 향해 막 솟구치는 시간이다.

심사평

현기영(소설가)

소설 부문에서 총 응모작 262편(중편 46편, 단편 216편) 중에서 예심을 통과하여 본선에 오른 작품 수는 중편 7편과 단편 11편이다.

남다른 소재를 남다른 발성법으로 형상화해야 좋은 소설이라고 할 수 있지 않을까?

많은 응모작은 우선 소재 선택에서 실패하고 있다. 소재 선택이 일상이나 평범한 사건의 테두리를 못 벗어난 경우가 너무 많다. 이야기도 평범하고 글도 평범하다. 평범한 일상의 영역이 아닌 곳에서 소재를 구하려는 탐구의 열정이 부족하다는 말이다.

물론 평범한 일상일지라도 그것에서 새로운 의미, 새로운 해석을 발견해낸다면, 남다른 새로운 소재가 될 수 있을 것이다. 남다른 소재란 그렇다고 엽기적인 것을 말하는 게 아니다.

최종 심사 대상 작품으로 「자전거 타는 남자」 외 한 작품이 선정됐는데, 둘 다 높은 질적 수준을 확보하고 있어서 얼핏 우열을 가리기 어려웠다. 두 작품을 다시 정독하면서, 숙고한 끝에, 「자전거 타는 남자」를 당선작으로 결정했다.

「자전거 타는 남자」는 최근 급증한 한국인의 해외 진출 현상의 풍속도를 성공적으로 그려내고 있다.

교포사회는 한국 사회의 연장 혹은 그 축도로 존재하며, 그래서 비리 모순의 풍속이 거의 그대로 반영되고 있음을 이 작품은 신랄하게 증언하고 있다.

양쪽 어느 사회에도 뿌리내리지 못해 부유하는 주인공의 내면 풍경도 잘 그려져 있다. 주제 선택의 능력 또한 돋보인다. 또한 절제된 언어와 적절한 메타포의 사용은 이 작품의 미학적 수준을 높여주고 있다. 그러나 지나친 언어 절제는 독자의 읽기를 방해하는 요소가 된다는 점을 기억해야겠다.

당선 소감

오랫동안 이날을 꿈꾸어 왔다. 흰 여백에 당선 소감을 쓰는 꿈. 그러나 오래전의 갈망처럼 다 잊히고 말았다. 소설은 내게 무엇이었을까? 휘불리는 마음을 감당할 수 없었던 그때. 소설의 정의조차도 알려 하지 않은 채 사람들과의 교감만을 누리던 그곳에서 이원규 선생님의 호된 꾸지람이 없었다면, 첫 습작을 보시고 말씀이 없으셨던, 권오룡 선생님의 숨은 뜻을 내내 헤아리지 않았다면, 나는 아직도 그 자리에 멈추어 있을 것이다.

어느 해인가는 이미 등단한 선배들에게 '소설은 과연 무엇인가' 묻고 다닌 적도 있다. 그 물음에 아무도 명료하게 정의해 주지 않아 찾아간 가톨릭대학교. 문학은 진리라던 류양선 선생님. 창작열에 뜨거운 불을 지펴주신 홍순이 선생님을 만나지 못했더라면, 오늘은 없었을 것이다. 이제 소설이 무엇인지 어렴풋이 이해하게 됐다. 때문에 제대로 된 소설을 쓰는 것이 짝사랑만으로는 불가능할 수도 있다는 것을 알게 된 지금, 첫발을 내딛는 게 무겁고 두렵다.

하지만 짝사랑의 햇수가 결코 소설과 다른 이름이 아닌, 지난한 삶의 햇수와 같았다는데 안도가 되는 시간이다.

문득, 삶이 날 선 얼굴로 다가들어 온몸에 물비늘이 돋을 때 낡은 노트북만 지참한 채 스스로를 가두었던 동쪽의 바다가 있는 소도시가 그리워진다.

가고자 하는 길을 응원해 주었던 가족들.

힘들 때 곁을 지켜주었던 고마운 J, 라파엘과 미카엘라.

다시 꽃을 피울 수 없을 거라 여기던 내게 한 송이 꽃으로 피어나리라 믿음을 주셨던, 연구소의 구본형 선생님, 연구소 도반들.

홍선 스님과 학동분들, 가톨릭대 국어국문학과와 심리학과 선생님. 학우들, 먼 길을 함께 떠난 문우들과 벗들 그리고 나의 하느님께 감사드린다.

그러므로 「자전거 타는 남자」는 내가 만났던 모든 이들에게 빚을 지며 형상화된 것이다. 이름을 불러주신 진주가을문예, 진주신문, 현기영 선생님과 심사위원분들께 부끄럽다는 말씀과 함께 깊이 머리 숙여 감사의 인사를 드린다. 수없이 쓰고 또 썼던 그 시간이 축복이었다 다시 명명해보며 그 사랑을 응원 삼아 감히 먼 길을 떠나 보고자 한다.

「자전거 타는 남자」의 이름이 불리워지기까지는

첫 번째 소설집 출간 준비를 하며 2021년 진주가을문예, 1,500만 원 상금, 소설 당선자 소식을 들었다. 또 다음과 같은 소식도 아이러니하게 함께 들어야 했다.

진주가을문예는 남성(南星)문화재단 이사장(김장하)이 1995년 기금을 마련해 옛 진주신문에서 이끌다 현재는 진주가을문예운영위원회가 이어받아 27년간 54명의 시인과 소설가를 배출해왔다. 그러나 여러 사정으로 운영기금을 지원해왔던 남성문화재단이 해산하게 되면서 올해를 마지막으로 종료하게 됐다는 소식이었다.

이에 김장하 이사장님이 "진주가을문예에 응모해 주신 모든 분께 감사드린다. 27년 동안 진주 가을문예에 작품을 응모하신 작가들과 당선되신 작가, 위촉 심사위원들, 모든 인연을 소중하게 여기며, 앞으로 문필이 번성해 나라를 비추길 바란다"라고 말씀하셨다는, 지난 27년간 진행돼 온 진주가을문예가 종료된다는 슬픈 기별이었다. 소식을 듣고 제일 처음 든 생각은 매년 당선자를 배출하는 자리에 함께하지 못한 송구함이었다.

마치 문단의 '싱 어게인'처럼 오래 글을 써온 시인이나 소설가들의 등용문이 돼 주었던 진주가을문예는 예술을 사랑하는 독지가, 김장하 이사장님의 애정 어린 후원으로 시작될 수 있었고 매년 1,500만 원을 희사하는 공모를 27년간이나 지속할 수 있었다. 또한 27년이라는 시간에는 그 행사를 주관하신 고마운 함자, 시인 박노정과 오마이 뉴스의 윤성효 기자님 등 운영위원분들이 계셨다.

등단의 격을 높이기 위한 엄정한 심사를 위해 매회 작가로서 명망 있는 분들이 심사위원으로 위촉됐고, 무명의 신인 작가들은 진주가을문예로 등단, 당선된 데 대한 자부심이 있었다. 심사위원으로 위촉돼 오신 은희경 작가님의 말씀이 떠오른다. 이렇게 열심히 소설을 쓰고 있는 분들이 많고, 작품의 격도 높다는 데 놀라셨다는.

한의원을 운영하시는 한의사 한 분의 힘으로 시인 26명, 소설가 28명을 배출시킬 수 있었으니, 가치관에 입각한 경제력을 어떻게 행사하느냐에 따라 그 영향력이 얼마나 지대한지를 여실히 보여준 사례다.

경제력 있는 분들이 예술가들을 후원하는 건 고대 시대부터 있었던 일이지만 현대 사회에서 개인이 예술가를 후원해 창작에 불을 지피는 건 드문 일이다.

깊고 숭고한 가치관을 일관성 있게 지속해 그 꽃을 만발하게 개화시킨 김장하 선생님의 심신의 건강을 기도한다.

마술 피리

구스타프 클림트(Gustav Klimt : 1862~1918)의 스토클레 프리즈(Stoclet Frieze) 연작.

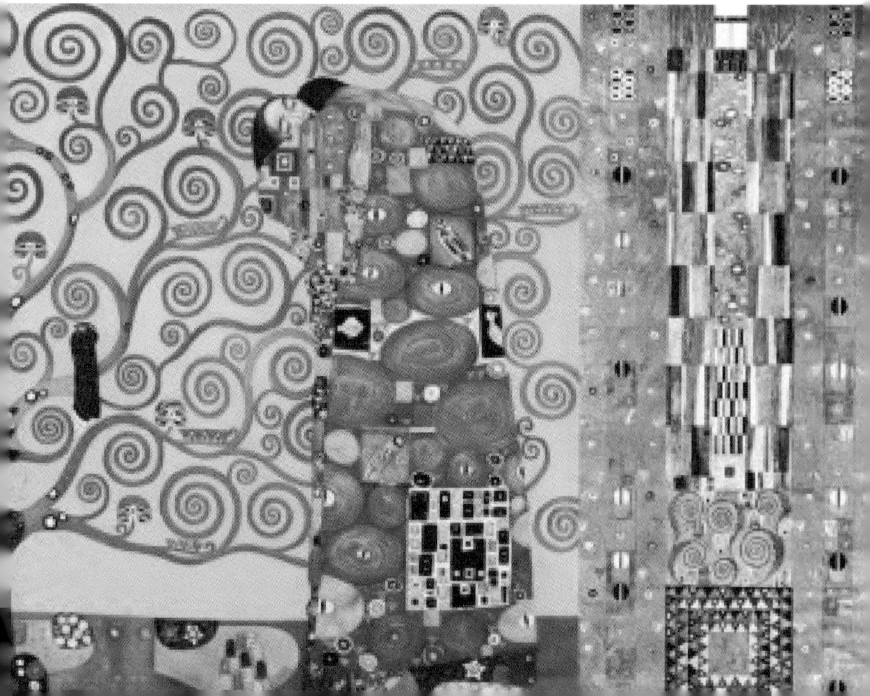

문득, 시간의 세 겹 안에서야 비로소

그때가 사랑하기 좋은 날이었다는 걸

알게 되는 시점

• • •

당장 바다를 보지 않으면 온몸에 금세 비늘이 돋을 것만 같았던 당신. 그예 새벽에 길을 나서 동쪽의 작은 포구에서 해맞이를 하고 돌아오는 길이다. 바다를 보고서야 비로소 목까지 차올랐던, 대상을 알 수 없는 갈망이 순순해졌다.

오후 두 시, 도로는 비어있다. 자동차는 어느 사이 용두리로 접어든다. 당신은 신호대기 중, 에어컨을 가동시키고 크로스백을 열어 콤팩트를 꺼낸다. 분첩으로 이마를 가볍게 두드린다. 당신의 시선은 조수석에 펼쳐진 약도에 머물러 있다. 약도대로라면 '마술피리'는 이곳에서 멀지 않다. 해가리개를 내린 당신은 차를 도로 한편에 세우고 차창 밖을 바라본다. 여백 없이 우거진 가로수는 곧 당신에게 닥칠 서른 살의 여름을 예고한다. 이제 저 푸르름은 계절의 정점에서 지쳐버릴 거다. 돌아보면 당신은 '정점'에 도달했던 경험이 없다. 최고의 순간은 당신을 지나쳐 갔거나 혹은 정점에 도달하기 전, 마지막 가속도를 높여야 할 그 순간에 페달을 놓아 속도를 늦춰야만 했던 거다.

회화를 공부하고 싶었던 당신은 미대를 졸업해 뭘 먹고 살 거냐라는 부모님의 만류로 그나마 마음이 끌리는 심리학과로 전공을 선택했다.

대학 시절, 당신은 김밥 한 줄로 허기를 달래며 복수 전공의 빡빡한 강의 시간표를 견뎌냈다. 학교를 졸업하고 얼른 취직해야 한다는 목표지향점을 향해 달려가는 동안에 당연히 있어야 할 응원군은 아무도 없었다. 당신에게 유일한 가족이었던 아버지는 재혼의 단꿈에 젖어 있었다. 당신은 시간 단축을 명분 삼아 일곱 평 규모의 원룸으로 독립했다. 섭섭하다는 계모가 당신의 독립을 얼마나 원하고 있는지, 당신은 잘 알고 있었다.

당신은 단연 우수한 성적으로 심리학과를 졸업했다. 당신이 응한 에니어그램 결과지에는 성취욕과 이타심의 균형이 잘 드러나 있었다. 그것은 당신에게 심리상담사라는 직업이 얼마나 탁월한 선택이었는가를 확신하게 해주었다. 당신은 그 과정 속에서 자신이 호두알처럼 단단해져 가고 있다고 생각했다. 그런 상태는 한동안 지속되었다. 학비를 벌기 위해 2년간의 직장생활을 끝내고 원하던 대학원에 입학해, 마지막 학기, 인턴과정 중 류를 만나기 전까지는…….

서울로 곧장 직진할 것인지를 갈등하던 당신은 약도를 집어 든다. 자동차가 직진과 좌회전, 우회전을 여러 번 거치자 거기, 돌연 흰 건물이 나타난다. 당신은 차를 주차하고 건물의 출입구로 향한다. 둔덕을 오르기 전, 입구에는 마치 깃대처럼 꽂힌 흰 나무판자에 사과 빛 글씨로 '마술피리'라고 적혀 있다. 마술피리라는 상호를 보았을 뿐인데도 당신 안에서 잠들지 못한 기억이 이내 소용돌이가 된다.

유학을 다녀온 후, 당신의 일상 리듬은 대폭 수정됐다. 미국에서 박사과정을 가까스로 마친 당신은 목표물을 잃어버린 사냥꾼처럼 맥이 빠졌다. 동문들은 그 사이 학교로, 병원으로, 개인 상담소로 자리를 잡았다. 당신은 제 것이 되어주지 않은 불안한 시간 속을 부표처럼 떠다녔다.

며칠 전, 불쑥 당신의 오피스텔로 찾아왔던 슈퍼바이저와는 딱히 할 말이 없었다. 이런저런 말끝에 일어선 그는 불쑥 쪽지를 내밀었다. 비교적 상세하게 그려진 약도였다. 당신의 의구심 어린 눈길을 외면하며 슈퍼바이저는 인테리어도 모던하고 음식 맛도 그만인 집이니 지나치는 길이 있으면 꼭 들러보라고 말했다. 그리고 하기 어려운 말을 덧붙이듯 상호가 '마술피리'라고 했다.

출입문은 한쪽으로 열려 있다. 당신이 안으로 들어섰는데도 아무 기척이 없다. 오후 세 시가 가까워 오는 시간, 평일의 주인은 자리를 비운 것일까. 주방에서도, 다락방처럼 낮은 2층에서도 인기척은 들려오지 않는다.

실내를 둘러보던 당신은 그 그림과 정면으로 마주친다. 구스타프 클림트의 '성취'였다. 두 사람이 서로를 얼싸안은 '성취' 우연의 일치이리라 여기면서도 당신은 그림 앞을 서성인다. 오지 않는 주인을 기다리다 못한 당신은 간이 주방으로 가서 커피 여과지를 갈고 커피를 새로 내린다. 정적을 깨고 이따금 전화벨이 울린다. 벨은 서너 번, 혹은 아주 길게 울리다가 끊어진다. 당신은 마술피리의 주인이 궁금해진다.

당신은 첫 근무지인 상담소가 마음에 들었다. 몇 개월의 인터과정이 마무리되고 첫 상담을 맡게 된 류는 당신의 첫 내담자였다. 같은 곳에 근무하는 슈퍼바이저가 당신에게 말했다. 전형적인 '양극성 불안장애' 유형이야. 조증일 땐 하루 네 시간도 안 자고 일을 해도 피곤한 줄을 모른다 하고, 울증일 때는 뭘 물어도 대답 거부거나 딴짓을 한다네. 첫 케이스치곤 부담이 될 텐데 갑자기 전임 상담사가 그만두고, 당장 맡아 줄 사람이 없어서. 불안 극복을 위해 인지양식은 물론 비논리도 어떻게든 합리화시키고 말지. 상담 경력도 길어서 전임자들이 휘둘리다가 빈번하게 역전이를 경험했어. 첫 내담자라기엔 쉽지 않을 거야. 그래도 또 첫 상담이니 잘 해보길.

첫 상담일이 잡히고 당신은 상담차트를 꼼꼼하게 살피며 사전준비를 했다. 마침내 그날, 당신은 상담자로서의 이미지를 극대화시키기 위해 애썼다.

내담자가 들어와 당신 책상 앞에 놓인 의자에 앉았다. 당신은 내담자에게 목례를 건넸다. 그러자 벌떡 일어선 내담자가 당신을 향해 손을 내밀었다. 우리 악수할까요. 저는 류입니다. 만나뵙게 되어 반갑습니다. 당신은 류의 얼굴을 잠시 바라보다 손을 마주 잡았다. 저에 대해 이미 알고 계시겠지만 회사원이고 그리고 선생님들이 한결같이 저더러 우울증이라고 하더군요.

당신은 류를 찬찬히 바라봤다. 신경 써서 차려입은 것이 분명한 깔끔한 옷차림, 정맥이 도드라진 반듯한 이마, 파리한 낯빛이었다. 그럼에도 생동감이 느껴지는 것은 목소리였다. 오랫동안 우울증을 앓았다고는 생각되지 않는 쾌활한 목소리. 생각에 잠긴 당신에게 류가 선생님은 대학원 과정 수료를 앞두고 있으시죠. 맞습니까? 라고 물었다. 그리곤 느닷없는 류의 박장대소가 이어졌다. 업, 다운이 롤러코스터를 타는 거 같다더니. 류는 지금, 조증 상태인 걸까? 당신은 난감해졌다. 얼마쯤은 침울해 보이고 말수가 적은 내담자와 만나게 될 것이라는 예상은 빗나갔다. 당신은 분위기를 수습하느라 어색한 미소를 지으며 말했다. 그럼 인사를 나누었으니 시작해볼까요. 내담자는 의자를 바짝 당겨 당신 앞에 얼굴을 들이밀었다.

첫 상담은 당신이 류의 질문을 피해 다니다 끝이 난 모양새가 됐다. 민망함과 황당함에 당신은 상담일이 돌아오기 전, 류의 기록지를 달달 외울 만큼 세세히 읽고 또 읽었다. 서른세 살의 미혼인 남자는 의가사 전역을 했으며 중저가 브랜드사의 의상 디자이너였다. 두 번의 자살을 시도했다는 기록도. 잠깐 병원 입원 경력도 있는데 동기는 불분명했다.

우리 상담소에서 상담 기간만도 2년 넘은 내담자였다. 당신은 전임자에게 전화를 걸어 더 소상히 물어보려다 그만두었다. 어쨌든 요즘 일상생활을 무리 없이 하고 있다는 기록에 안심이 된 당신은 반드시 류와의 상담을 잘 끝내리라 마음을 다졌다.

두 번째 상담일, 류는 이미 상담실에 자리를 잡고 있었다. 의자에 앉는 대신 창가로 간 당신은 창 안에 매혹적인 빛깔로 들어찬 가을을 물끄러미 바라보다 블라인드를 쳤다. 류 같은 내담자는 상담자를 기다리는 법부터 배워야 한다고 당신은 생각했다. 그런 당신에게 인사조차 건네지 않았지만 류의 시선이 당신에게 고정되어 있는 것을 진작부터 느끼고 있었다.

"잘 지내셨어요? 좀 가까이 앉으세요."

당신의 말을 듣고도 류는 상반신을 한껏 뒤로 젖힌 자세를 고쳐 앉지 않았다. 류는 희고 긴 손가락으로 팔걸이를 두드렸다. 당신은 한순간이지만 그 희고 가는 손가락을 가만히 눌러주고 싶다는 충동에 사로잡혔다. 당신은 불현 책상 위의 기록지를 치우고 소파로 가서 앉았다. 류에게 심리검사지는 익숙한 카드놀이 정도에 불과할 것이다. 당신은 류가 미술 치료와 음악 치료를 병행했다는 슈퍼바이저의 말을 기억해냈다.

"차 드시겠어요?"

당신의 말을 듣고서야 류는 등을 곧추세웠다.

"차요? 하기사 요즘 차가 부쩍 당기는 철입니다. 선생님도 그런가 봅니다."

"이쪽으로 오시죠."

소파에 앉은 류가 물었다.

"어떤 차를 좋아하십니까?"

"차 종류는 다 좋아합니다. 어떤 차를 좋아하시는데요?"

질문할 기회를 먼저 주지 않는 내담자에 대한 자연스런 질문법이다. 한 가지를 대답해주고 한 가지를 바로 되묻는 일대일 질문법. 이 방법을 적용해보다가 전임자는 역전이를 다반사로 경험했을 것이다. 하지만 당신에게 역전이 당하는 일은 일어나지 않을 것이다. 당신은 마음을 다잡느라 큰 숨을 소리 내지 않게 내쉬고 흘끗, 류의 반응을 살폈다. 당신을 응시하는 류의 눈에는 장난기가 섞여 있었다.

"얼그레이는 어떻습니까. 빛깔도 곱고. 스산해지는 계절에 좋죠. 여자분들이 좋아하던데. 선생님은 안 좋아하시나요?"

"아, 그런가요. 얼그레이는 별로……. 전 중국차, 발효차인 보이차를 좋아합니다. 류씨가 좋아하는 차는 뭐죠?"

무척 즐기는 차는 아니라고까지 말한 당신은 마음이 불편해졌다.

"저야 에스프레소 정도면 항상 오케이죠."

당신은 정면에 걸린 시계를 바라봤다. 좋아하는 기호식품 한 가지 알아내는데도 10여 분이 흘렀다. 당신은 무선포트의 스위치를 올리고 녹차 티백을 꺼내 두 개의 찻잔에 넣었다.

"오늘 우울하시죠?"

류는 짐짓 못 들은 척 대답을 하지 않았다. 당신은 다시 물었다.

"어제 회사에서 무슨 일이 있으셨나요?"

그제야 류는 꼬았던 다리를 내려놓으며 당신을 바라보지만 어떤 대답도 돌아오지 않았다.

"누군가 자신이 우울한 것을 아는 척해 줄 때는 우울하다고 솔직하게 말하는 거예요. 자신의 기분을 인정하고 나면 훨씬 덜 우울해지거든요."

말해 놓고도 당신은 아차 싶었다. 해석법을 사용해선 안 되는데 실수를 한 것이다. 하지만 내친 김이었다.

"누구에게도 자신의 기분을 솔직하게 말씀해 보신 적이 없으시죠?"

"제가 우울한지 선생님은 어떻게 아십니까?"

어투는 그지없이 정중했으나 류의 목소리는 가볍게 건들거렸다.

"옷차림이 말해주고 있어요. 울증이 극도로 치밀면 원색으로 자신을 치장하는 심리는 울증을 타인에게 보이지 않으려는 일종의 방어장치인 거죠."

또 그 장치에 자신까지 속아서 기분전환이 되기도 한다는 걸 당신은 알고 있었다.

"그렇군요. 선생님의 고견이신데 그렇다고 해둡시다."

류는 한 걸음 뒤로 슬며시 물러났다. 당신은 탁자 위에 펼쳐놓은 스케치북을 류 쪽으로 밀었다. 별 관심 없다는 듯 찻잔의 손잡이를 들던 류가 태도를 바꿔 스케치북을 당기더니 그림을 유심히 살펴봤다.

"자동차가 멋지군요. 선생님이 그리신 건가요?"

"네. 차가 어떻게 보이세요?"

"이 자동차는 맹렬하게 달리고 싶은 듯 속도감이 느껴집니다. 미술 치료입니까?"

팔짱을 낀 류가 또 코웃음을 쳤다. 당신은 류가 돌아간 후 창가를 서성였다. 상처가 생길 때마다 하나씩 생겨났을 내담자의 잠금쇠. 언제나 그것들을 다 열어 류의 마음문 안에 들어설 수 있을 것인지. 당신의 마음이 바람 부는 대숲처럼 수런거렸다.

당신은 상담실의 블라인드를 바이올렛 빛깔의 커튼으로 바꾸고 집에서 들고 온 '성취'를 벽에 걸었다. 그리곤 내담자가 앉는 의자에 앉아 그림을 바라봤다. 그림은 정확히 내담자 자리에서 세 시 방향에 위치해 있었다. 주조색이 흰색인 상담실에 클림프의 프레임은 다소 이질적으로 보였다.

당신에게 필요 이상으로 친절을 베풀며 엄마 행세를 하던 계모는 당신이 독립하기 전날 배낭여행 티켓을 건넸다. 여름 방학이 시작되자마자 당신은 여행길에 올랐다. 빈에 체류하는 첫날, 당신은 구스타프 클림트의 '키스'가 전시돼 있는 벨레데레궁에 입장했다. 18세기 오스만투르크와의 전쟁에서 빈을 구한 영웅 오이겐 공(公)의 여름 별궁으로 사용한 벨레데레5궁은 바로크풍의 건물이었다. 아름다운 정원을 사이에 두고 언덕 위에 상궁, 언덕 아래 하궁이 있었다.

세계적으로 알려진 명화를 보려는 관람객들로 혼잡한 그곳에서 예상보다 별 감흥이 없던 '키스'와 '유디트'를 보고 난 당신은 당장, 그 그림을 보러 지도를 검색해 M.A.K 미술관을 찾았다. 링슈트라세의 동쪽 편, 시립공원이 끝나는 지점에 응용미술관(Österreichisches Museum für angewandte Kunst)이 위치해 있었다.

처음 미술관에 들어섰을 때 당신은 건물 밖의 소란함을 모두 잠재운 듯한 조용함이 우선 좋았다. 붉은 벽돌과 반짝이는 스테인드글라스와 고아한 천장의 벽화, 적재적소에 위치한 소품. 고적함이 어우러진 M.A.K. 응용미술관은 예상보다 한산해서 더 먼 시간여행을 떠난 듯 느껴졌다. 벨레데레궁보다 유명세를 덜 치른 덕인지 제대로 오래, 그림과 조우할 수 있을 듯해 당신은 먼 길을 찾아갔던 피로를 잊을 수 있었다.

관람실 입구에서 도록을 구입한 당신은 한참을 앉아 더듬더듬, 작품 설명을 읽었다.

건물을 설계한 건축가 요제프 호프만 외에도 클림트와 다수의 예술가들이 참여했던 '스토클레'는 건축기간이 11년이나 됐으며, 사업가인 아돌프 스토클레에게 클림트가 의뢰받은 작품을 형상화한 '스토클레 프리즈'(Stoclet Frieze)는 저택을 신축할 때 '생명의 나무'를 모티브로 작업됐다.

'미의 상아탑'이라고도 불렀던, 이제는 저택의 주인도 모두 죽고 세계문화유산으로 지정된 벨기에의 '스토클레 저택'. 22인이 식사를 할 수 있는, 그 저택의 규모는 어느 정도였을까? 4년이라는 제작기간을 지나며, 아돌프의 전폭적인 후원 덕분에 온갖 화려한 오브제를 사용할 수 있었던 클림트의 초안으로 비엔나의 공방은 금속, 유리, 산호, 자개, 준보석 등을 제작해 벽면의 모자이크 '스토클레 프리즈'를 완성했다.

저택은 벨기에에 있기에 원작을 볼 수 없지만 M.A.K 미술관에는 클림트가 작품을 구상했던 초안 스케치가 있었던 거다.

2층에 전시된, 눈앞에서 마주한 '스토클레 프리즈'에서 당신은 한참을 서 있었다. 왜 그 그림에 이끌려 거기까지 갔는지 스스로도 정확히 설명되지 않았다. 다만 한없이 따듯해 사람을 품어주는 듯한 색채와 구도에서 눈을 뗄 수 없었을 뿐이다.

클림트가 구상이 아닌 추상을 처음 시도했던 '스토클레 프리즈'는 연작이었음에도 각각 '기다림'(Expectation), '성취' 또는 '충만'(Fulfillment), '생명의 나무'(Tree of Life)로 명명됐는데, 작품의 오른쪽에는 '기다림'이 중앙엔 '생명의 나무'가 오른쪽엔 '성취'가 배치된 구성이었다. 작품은 클림트가 실제 사이즈의 벽화 제작을 위해 스케치했기에 매우 길어 멀리 서야만 전체를 볼 수 있었다.

어차피 구스타프 클림트, 작품의 시그니처인 화려함에 약간의 거부감이 있던 당신은 오히려 완성 전 스케치가 더 좋아졌다.

클림트가 작품구상을 하며 일일이 메모한 필체가 그대로 담긴 작품을 보며 당신은 하루해를 보냈다. 클림트의 메모는 대체로 이곳엔 금속, 이곳엔 보석, 유리 등의 공방에 의뢰할 작업지시가 대부분이었고 '생명의 나무'에 유독 빼곡하게 글귀가 있었다. 이 사람은 참 세심한 사람이었구나로 이해되는, 그 말들을 하나하나 해석해 보며 당신은 화가가 곁에 있으면 금세 악수라도 나눌 듯 친밀감이 느껴졌다. 스케치임에도 채색까지 마다하지 않았던 화가의 작품에 대한 애정과 열정도 부러워졌다.

그 대작을 눈앞에 두고 문득, 당신이 왜 거기까지 가게 됐는지 이해되는 것과 동시에 어린 날의 자신이 떠올랐다.

집안에 아무도 없던 날이면 어릴 때부터 고등학교 시절까지 여러 권의 스케치북을 채우며 줄곧 그리던 그림. 그랬다. 당신은 무엇이든 끊임없이 그리는 행위를 하는 동안, 혼자라는 거와 허기를 지울 수 있는 사람이었다. 당신은 어느새 속엣말을 하고 있었다. 나도 그리고 싶었던, 그릴 수 있는 사람이라고. 그림을 보며 언젠가 생애 어느 날들을 클림트의 '생명나무'처럼 연작으로 완성할 수 있는 날이 올지도 모른다는 씨앗 하나가 자리 잡았다는 걸 느끼며 당신은 조금, 설렜다.

당신은 거기 머무는 동안 '키스'와 '생명나무' 안의 '성취'에 이끌려 두 미술관을 오갔다. 두 미술관 사이의 중간 지점에 허름한 숙소를 구하고, 마트의 저녁 세일 시간을 기다려 음식 재료를 구입해 식사를 해결하며, 당신은 여러 날을 그림을 보러 드넓은 프랑스식 정원을 산책하듯 벨레데레궁을 들렀다 전철을 타고 응용미술관을 오가며 지냈다. 처음으로 그렇게 살아본 며칠, 그렇게 여러 날을 살아도 아무 일도 일어나지 않는, 그토록 치열하게 살아냈던 한국에서의 일상이 마치 처음부터 없었던 듯 당신의 시간에 아무런 파문을 일으키지 않으며 차츰 희미해져 가는 경험을 하게 된 그곳, 빈에서의 일상이 당신은 놀라웠다. 그러나 방학이 어느덧 중반에 이르고 당신은 어디로든 다시 떠나야 했다. 일정의 마지막 날, 당신은 성취의 복사본을 샀다.

류가 들어서고 당신은 환한 미소로 류를 맞았다. 류는 잠시 멈춰 서서 당신을 바라보는가 싶더니 인사를 건넸다.

"방이 봄으로 바뀐 것 같네요."

당신은 대답 없이 부러 커피전문점에서 준비한 에스프레소를 류 앞에 놓았다.

"오호, 에스프레소까지. 감사합니다."

당신의 배려에 어떤 의도가 숨겨져 있는지를 읽으려는 류의 머릿속은 바빠졌을 것이다. 당신은 각오를 다졌다. 내담자의 상처로 당신의 기억 상자가 가득히 들어찬다 해도 그것을 감당할 준비가 되었다고. 내담자의 깊은 상처가 무엇이든 간에 상처를 소독하고 기꺼이 봉합해 주리라고. 류는 '성취'에 시선을 빼앗기고 있었다.

"복사본치고는 컬러가 무척 좋군요. 어디서 구하신 겁니까?"

당신은 말없이 스케치북에 크레파스로 '나를 슬프게 하는 것들'이라고 썼다. 그리고 그것을 류에게 내밀었다.

"제 말씀은 무시하겠다는 것 같은데 '나를 슬프게 하는' 따위들을 쓰라는 겁니까, 아님 그려보라는 겁니까?"

상담실은 높아진 류의 목소리로 한순간에 냉기가 돌았다. 당신은 류의 냉소에 의도된 투사를 보이려 친절해지고 싶은 것을 애써 참았다. 당신은 한동안 침묵을 고수했다.

"제가 대답을 안 하니 기분이 어떠시죠? 편하신 대로 그리든가 쓰시든가 하세요. 시간은 7분 드릴게요."

"달리는 자동차를 보여주시더니 그게 바로 이런 걸 뜻하는 거였군요. 선생님께서 초조해지셨나 봅니다. 어제까지는 말하라고 사정을 하시더니 이젠 태도를 바꿔 지시를 하시니."

"이런 거라니. 무얼 말씀하시는 거죠?"

"상담자와 내담자가 맹렬하게 가까워지기를 바라는 거. 그게 선생님의 진심 아닙니까. 서둘러 치료가 끝나 나같이 골치 아픈 것, 보고 싶지 않은 것이겠지요."

류는 스케치북을 멀리 밀쳐냈다. 스케치북은 책상을 가로질러 바닥에 떨어졌다. 말을 마치는가 싶던 류가 팔을 뻗어 당신의 안경을 벗겼다. 당신은 너무 놀라 자리에서 벌떡 일어섰다.

어느 사이 다가온 류가 당신을 가볍게 밀치고 의자에 앉은 것은 순식간에 일어난 일이었다. 류는 의자에 앉아 마치 자신이 상담자인 듯 당신을 바라봤다. 당신은 난감함을 불러온 당신의 부주의에 화가 치밀었다. 상담자로서의 일관성을 유지하기 위해 안간힘을 쓰느라 밀랍인형처럼 얼굴이 굳었다.

"여기 앉으니 전지전능한 심판관이라도 된 듯 무엇이든 선생님께 도움을 줄 수 있을 거 같군요. 선생님도 이런 기분이셨겠죠. 어떻습니까? 제가 상담자라 생각하시고 오늘은 선생님 이야길 좀 해보시는 게. 제가 뭐든 다 들어드리고 대안도 제시해드릴 수 있는데. 이래봬도 상담 경력 2년 찹니다. 지금부터 저의 10분을 사시죠."

류의 말을 들으며 당신의 몸에 숨어있던 갈기가 일제히 곤두섰다. 무엇을 잘못했던 걸까? '내담자에게 틈을 보이는 순간부터 서툰 상담자가 되는 거지.' 슈퍼바이저의 말이 당신의 뒷덜미를 후려쳤다. 당신은 최대한 감정이 실리지 않은 목소리로 말했다.

"무례하시군요. 그만하고 일어서세요. 시간 다 돼 갑니다."

"시간요? 선생님은 언제나 시간이 중요하더군요. 도대체 상담자로서 할 줄 아는 게 뭡니까? 상담 중에도 늘 시계를 보며 시간을 계산하는 거? 무례하단 말도 기왕 들었겠다 귀한 선생님 시간 대신 오늘은 제 시간 좀 팔아야겠습니다. 지금부터 상담 시작하겠습니다. 말씀을 해 보시라니까요. 요즘 제일 힘든 일은 뭐죠? 스트레스는 어떤 방법으로 푸십니까?"

당신은 속사포처럼 퍼붓는 류를 망연히 바라봤다. 그 당혹스러운 순간에 당신이 시선을 고정하고 있던 것은 우습게도 쉬지 않고 움직이는 류의 입술이었다.

"하긴 질문하는 법만 학습해왔으니 대답하는 법을 아시겠나. 대답을 바라는 게 무리지. 아, 그래도 선생님 슈퍼바이저에게 정기적으로 상담은 하고 계시죠? 그렇다 치고 사람과 사람다운 이야길 나눠 본 게 언제인지 기억은 하십니까?"

"………."

"거울을 좀 보시죠. 그 검은 틀 안경을 벗으니 얼마나 사람이 달라 보이는지, 선생님의 눈동자가 어떤 빛깔인지 한 번도 자세히 본 적이 없지요?"

"………."

"칭찬에 익숙해지라면서 선생님은 왜 그렇게 놀라십니까? 하하하."

류가 자리에서 천천히 일어서 내담자의 자리로 돌아갔다. 당신은 냉수를 한잔 따라 마시며 들끓는 갈증을 달랬다. 그리곤 아무 일도 없었던 듯 자리에 앉았다.

"그렇군요. 칭찬은 말로만 하시면 고맙겠어요. 그럼 다시 본론으로 돌아가서 아까 하던 이야길 다시 해보죠."

"괜찮으세요? 뭐 상담하기 불편하면 다음 회기에 만날까요?"

당신은 류가 돌려주지 않고 있는 안경을 채듯이 받아 다시 썼다. 차트 위의 손가락이 파르르 떨리는 것을 류가 볼세라 당신은 손을 무릎 위로 내려놓았다.

내담자에게 도움이 된다면 기피하던 '자기 노출'도 기꺼이 하리라는 당신의 의지에도 불구하고 그날 이후, 당신은 류에게 점점 지쳐갔다. 류는 순환고리를 위한 노력은커녕 냉소성조차도 개선의 기미가 보이지 않았다.

보고 있으면 난감하고 불쾌해지는 류를 더 이상 마주하고 싶지 않았다. 슈퍼바이저에게 전화가 걸려온 건 그때였다. 당신의 이야기를 듣고 난 그는 뜻밖의 말을 했다. 내담자가 상담 시간에 꼬박꼬박 얼굴을 내민 건 특이사항이라는 거였다. 지각과 빈번한 결담 때문에 얼마나 애를 태웠던지를 말하던 슈퍼바이저는 내담자가 당신에게 '라포'(rapport) 즉 비교적 신뢰를 보이고 있다는 거였다. 그 말을 듣고 난 당신의 마음은 더 복잡해졌다.

신뢰적 태도라는데도 류의 마음을 건드려주지 못해 답보 상태인 상담. 그럼에도 상담자로서의 허용적 자세로는 참을 만큼 참았다고 생각한 당신은 상담을 그만두겠다고 했다. 슈퍼바이저의 말은 내담자가 상담을 그만두겠다고 할 때까지 인내로 기다리라는, 딱 한 마디뿐이었다. 당신은 그날 안주도 없이 소주 한 병을 비웠다. 처음으로 자신의 무능을 인정해야만 했다. 상담자로서 자신의 기능이 전혀 발휘되지 않는 내담자가 한없이 원망스러워졌다.

"그동안 무능한 상담자를 만나 고생하셨습니다. 다음 주부터 다른 유능하신 분이 류씨를 상담해 주실 거예요."

상담 20회기 말미에 당신은 류에게 말했다. 당신의 노력에도 불구하고 류는 여전히 무동기, 비솔직 상태에 머물러 있었다. 오랜 생각 끝에 내린 결론이었다. 류의 약물을 처방하는 담당 정신과 의사와 논의 끝에 당신보다 훨씬 임상 경험이 많은 상담자가 류에게 지정됐다. 뜨악하게 당신을 바라보던 류가 말했다.

"아무리 제가 내담자라지만 제게 한마디 사전 언질도 없이……. 절 피해서 이민이라도 가시는 것처럼 말씀하십니다. 저 그렇게 대단한 사람 아닌데, 선생님의 경력은 이제 시작인데 저 하나 못 뛰어넘고. 그럴 줄 알았습니다. 그러시죠. 뭐, 원하신다니. 편하게 사셔야죠."

당신은 류가 감당할 수 없을 만큼 부담스러울 뿐, 류가 뭐라고 말하든 상관없었다. 상담사로서의 한계를 느낀 당신은 상담소 측에 양해를 구하고 일을 그만두었다. 그리고 며칠 후, 류도 상담을 중지했다는 소식을 들었다. 불과 몇 개월 만에 당신은 장애물 경기에서 장애물을 통과하지 못한 대열에 속해 있었다. 상담자로서의 선명해 보이던 시야의 모든 게 희미해졌다. 불안함을 견디다 못한 당신은 늘 머릿속의 생각, 연구자로 공부를 더 하고 싶었던 유학 수속을 시작했다.

상담소로부터 전갈이 온 건 그로부터 한 달이 지난 후였다. 류가 당신에게 상담을 다시 받겠다는 요청을 했다는 거였다. 당신은 생각해볼 여지도 없이 거절했다. 내담자의 의미를 넘어서 당신의 인생에 꼭 한 번의 브레이크로 남은 류를 다시 보고 싶지 않았다. 그러자 고작 그 정도의 상처를 평생 보며 살 거냐라는 슈퍼바이저의 전화가 걸려왔다. 막상, 앞으로 상담을 시작하면 실패한 사례도 있을 거고, 무엇보다 내담자가 원하고 있는데 상담을 거절하는 게 상담자의 자세냐, 아직 다 못한 최선을 찾아봐야 한다라는 슈퍼바이저의 말까지 듣고서야 당신은 류의 지난 회기 녹음테이프를 재생시켰다. 예의 쾌활함을 가장하느라 약간 톤이 높은 류의 목소리. 당신은 어떤 대목에서 스톱 버튼을 눌렀다.

“선생님이 그렇게 화사하게 웃으시는 거 처음 봅니다. 그렇게 웃으시니 저희 엄마와 더 닮으셨네요."

10회기로 상담을 재설계하며 당신은 류에 관한 모든 기록을 읽고 전임 상담사, 그리고 슈퍼바이저의 조언을 구하며 그야말로 심혈을 기울여 매 회차를 안배했다.

당신은 검정 슬랙스를 입고 류와 마주 앉았다. 다시 상담을 시작한 지 3회기 차, 류는 체중이 눈에 띄게 줄고 까칠한 얼굴이었다. 재상담을 시작할 때 당신의 각오에도 불구하고 류의 변화는 미미했다. 하지만 점차 질문에 유연해지고 적어도 당신의 말에 습관처럼 붙던 조소가 줄었다.

"어머니가 돌아가셨을 때, 류씨의 모습을 그려보세요."

잠자코 앉아 있던 류가 색연필을 집더니 스케치북에 그림을 그리기 시작했다. 류가 그린 자신은 어린아이였다. 당신은 준비해놓았던 검은 양복을 의아해하는 류에게 건네주고 잠시 자리를 비웠다. 그러나 돌아와 보니 류는 옷을 갈아입지 않고 있었다.

"옷을 갈아입을 필요가 없습니다. 저는 어머니가 돌아가신 걸 보지 못했어요."

"그럼 그때 어디 계셨어요?"

"그때 집에 있기는 했지요. 나중에는 큰댁에 맡겨져 그곳에서 자랐어요. 아홉 살 때 어머니가 교통사고로 돌아가셨다는데, 그것도 커서야 알게 되었습니다.”

류의 입술에 가벼운 경련이 일었다.

“그랬군요. 류씨는 어머니의 임종을 보지 못했고 그 때문에 어머니의 죽음을 인정하지 못하고 있는 거예요. 즉 아홉 살 이후부터 어머니를 기다리는 상태가 계속되고 있는 거죠. 기다리고 기다려도 오지 않는 어머니에 대한 좌절이 사회적 장애요소로 변한 거고. 그러니까 이런 애도의 과정, 죽음을 훈습하는 과정이 반드시 필요해요. 상복을 입으세요.”

류는 당신의 채근하는 눈길에 못 이겨 자리에서 일어서더니 상의만 걸쳤다. 검정 상의를 걸친 류는 상주처럼 비감해 보였다.

“제가 어머닐 닮았다면서요. 이제 어머니와 작별을 해야 할 시간이에요. 제가 어머니라 여기고 하고 싶은 말이 있다면 다 하세요.”

류는 꼼짝도 하지 않았다. 당신은 커튼을 치고 상담실의 불을 껐다. 그리고 의자를 돌려 류에게 등을 보였다. 류가 소리를 낸 것은 그때였다.

“왜 나한테 말하지 않고 갔어?”

“……….”

“적어도 그날 밤, 엄마가 날 재울 때 말해주었어도 좋았잖아. 다신 안 돌아올 거니까 기다리지 말라고. 그렇게만…….

으흑.”

21년이나 기다려 왔던 류의 굴절된 그리움. 참고 참았던 그리움이 봇물처럼 차올라 터지고 있었다. 순간, 당신은 예상치 못했던 현기증에 잠시 비틀거렸다. 아이 같은 류의 목소리를 들으면서 당신 안에서 오랫동안 멈춰 섰던 시계의 톱니바퀴가 운행을 시작했던 거다. 당신은 일어서서 류에게로 가 그의 머리를 안고 한 올 한 올 머리카락을 헤듯이 쓰다듬어주었다.

“그날 밤이 마지막이란 걸 그때, 엄마도 알 수 없었어. 널 다시 볼 수 없다는 것도. 네가 미워서, 널 버리려고 가지 않았던 게 아니야. 가고 싶어도 갈 수가 없었어. 언제나 너를 사랑했어. 지금도, 지금도 넌 하나뿐인 내 아들이야. 이제 그만 엄마를 이해해주렴. 엄마가 보이지 않아도 너는 내 사랑으로 세상에 온 거고 네 몸이, 마음이 여기 있게 된 거야. 네 몸이, 아직도 엄마를 기억하는 마음이 그 증거란다. 엄마가 보고 싶으면 네 몸을 더 사랑해주렴. 네 몸이 엄마니까. 아들, 엄마 없이 홀로 지금까지 살아오며 네가 보낸 시간들, 엄마가 다 알고, 보고 있었어. 네가 정말 잘 해왔다는 걸, 그러니 너는 이제 혼자가 아니란 걸, 기억해줘. 아주 먼 훗날 엄마를 만나러 올 때까지 엄마가 늘 너와 함께하고 있다는 걸. 그러니 힘을 내서 네게 온 세상을 충분히 유쾌하게 살

아. 더이상 무엇을 너무 잘하려 애쓰지 말고, 시간을 즐겁게 보내. 그게 아직도 엄마를 기억하며 슬퍼하는 너와 늘 네 곁에 있는, 우리 사랑을 기억하는 방식이 되어 줄 테니. 사랑한다. 아들."

당신은 마음을 다해 진심으로 류의 어머니가 되어 말하려고 애썼다. 이마에 진땀이 나고 더운 눈물이 흘러내렸다. 당신은 상담실을 나섰다. 어린 목소리로 엄마를 부르지도, 어머니의 죽음을 타자에게 편히 전하지도 못했을 류에게는 울 시간이 필요했다.

공명음을 내는 자신의 발소리를 들으며 당신은 긴 복도를 오갔다. 당신은 당신 안에서 들리는 소리에 당혹해하고 있었다. 다시는 들여다보고 싶지 않아 단단히 동여매 두었던 어머니의 상자. 그 상자가 더 이상 제 부피를 견디지 못하고 함부로 부서져 나가는 소리에 사로잡혀 있어야만 했다.

떠나가는 어머니를 보지 못한 류. 푸른 옷을 입은 어머니가 떠나가는 발소리를 들으며 울음을 삼켜야 했던 당신. 당신은 처음으로 내담자의 감정에 여과 없이 이입되었다. 당신이 상담실로 돌아와 불을 켜고 커튼을 걷은 후에도 류는 진정되지 않았다. 류의 격한 울음소리를 들으며 당신의 마음 안에도 물보라가 쳤다. 당장은 아니더라도 류는 어머니의 초상을 바로 그릴 수 있을 것이다. 어쩐지 당신도 희미하게나마 당신의 어머니를 그릴 수 있을 거 같았다.

류에게 어머니가 되어 했던 말, '네 몸이 곧 엄마의 사랑이라는 증거니까. 엄마가 그리우면 네 몸을 더 사랑하렴. 그게 엄마를 사랑하는 방식이니까.' 그 말이 메아리처럼 당신에게 되돌아와 단단한 기둥이 된 시간. 류와 당신이 암흑 같던 터널 하나를 막 통과한 순간이었다. 류가 출입문을 나서자 당신은 코코아를 진하게 타서 마셨다.

당신은 매 회기마다 류의 관심사를 귀담아들었다가 책이며 시디를 구해 주었다. 그는 당신이 건네는 것들을 반기는 기색이 역력함에도 한 번도 그것들에 대해서 고맙다는 말을 쓰지 않았다.

상담소 주차장에서 만난 류는 당신이 본 어떤 모습보다 활기차고 건강해 보였다. 류는 리바이스 진과 베이지 니트 브이넥, 브라운 빛깔의 라운드 점퍼 차림이었다.

"즐겁습니다. 선생님을 밖에서 뵙다니. 이것도 상담의 연속인 거죠?"

"네, 전환활동의 일종이죠. 주제가 달라질 때 이제까지 해 온 상담활동을 잠시 잊는 차원에서 한다고 해요. 저는 처음인데, 해보셨죠?"

"상담 경력이 워낙 화려하니까. 과정엔 있었는데 할 수 없었습니다. 영 하고 싶지 않았거든요. 암튼 오늘, 선생님은 제가 하자는 대로 다 하신다 이 말씀인 거죠?"

슈퍼바이저에게 전환활동이 필요한 시기라는 말을 듣고 당신은 내내 생각에 잠겼다. 그동안의 행동 양상을 보면 내담자에게 분노의 대상은 자신에게 국한됐다. 타인에게 표출되는 건 냉소적인 어투, 그 이상도 그 이하도 아니었다. 때문에 넓은 시야에서 당신과 함께 있을 때 류가 어떤 돌출행동도 하지 않을 거라는 믿음이 있었다. 그런데 류의 말을 들으니 일말의 불안이 슬그머니 고개를 들었다.

"이럴 줄 알았어요. 선생님은 이 늦가을에도 그렇게 푸른 옷만 고집하십니까?"

슈퍼바이저는 옷장 속의 옷이 대부분 푸른 계통인 당신도 언젠가는 치료가 필요하다고 했다.

"제가 그랬나요?"

"이걸로 갈아입으면 안 되시겠습니까?"

류가 불쑥 쇼핑백을 내밀었다. 망설이는 당신의 기색을 살피던 류가 말했다.

"어울리실지 모르겠지만 그거 고르느라 고민했어요. 하지만 맘에 안 들면 안 입으셔도 됩니다."

거절당할까 봐 배수진을 치는 류의 얼굴은 좀 전의 들뜬 표정이 아니다. 당신은 쇼핑백을 들고 탈의실로 갔다. 입고 보니 류의 옷과 비슷한 디자인에 비슷한 색상이었다. 사이즈는 맞춘 듯 몸에 맞았다. 현관으로 나가자 차 안에서 기다리던 류가 선생님. 여깁니다. 여기요. 당신을 소리 높여 부르고 있었다.

집으로 돌아와 당신은 슈퍼바이저에게 전화를 걸어 활동 상황을 보고했다. 놀이공원에서 소리 지르며 바이킹을 탄 것과 옷을 선물받은 대목에 이르자 슈퍼바이저가 말했다. 퇴행현상에다 커플룩이라. 자신과 상담사를 동일시하고 싶어해. 그의 삶에 깊이 개입되어 있다는 거 인식하고, 각별한 주의가 필요해. 당신도 짐작하고 있는 바였다. 하지만 당신은 자신이 착한 치료자 콤플렉스에 걸려 있다고는 생각하지 않았다. 류는 분명 눈에 띄게 호전되고 있었다.

"그림이 다시 '성취'로 바뀌었네요. 이제 지나온 여성편력의 역사에 대해 말할 차례인가 봅니다. 맞습니까?"

"역사라니요. 그렇게 할 이야기가 많으신가요? 다 말씀할 건 없고 기억나는 것만, 그러니까 특별히 잊히지 않는 대상에 대한 기억만 말씀하세요."

"저보다도 선생님의 추억이 더 궁금합니다. 사랑 같은 건 못 해봤을 얼굴인 거 알고 있습니까?"

"지난번의 옷, 감사했어요."

당신이 딴전을 피우느라 말머리를 돌리자 칭찬에 익숙하지 않은 류는 대번에 고개를 외로 꼬았다.

"칭찬을 자연스럽게 받아들이는 훈련이 필요해요. 문장 재구성 프로그램이 도움이 될 거예요."

"그저 도와드리고 싶어서요. 핏기 없는 얼굴에 질끈 동여맨 머리, 선생님이 입는 옷이란 게 늘 푸른색이니. 제가 하는 일이 여성의류와 관계된 일이고. 요즘은 새로운 디자인을 보면 선생님께 어울릴까를 먼저 생각하게 됩니다. 하도 사람이 촌스러워 몸이 고생하는 것 같아서요."

"상담을 끝내고 싶지 않으시다면 이제 제 이야기 말고 류씨의 이야길 들려주세요."

"그런 이야기라면 저도 별로 할 게 없는데. 첫사랑이 가버리고 나니 사람을 믿을 수가 있어야지요."

"첫사랑이라면?"

"당연히 어머니였겠지요. 커서 이별을 했어야 첫사랑에서 벗어났을 텐데 제 성장도 거기서 멎어버린 것 같습니다."

"모든 아들의 첫사랑은 어머니라고 하죠. 맞아요. 여덟 살 이후에 벗어난다는데. 그럴 수도 있겠군요."

"그런데 변화가 일어났습니다. 마침내 제 눈에 그녀가 보이기 시작했어요."

당신은 고개를 들어 류를 바라봤다.

"그랬나요? 그래서 다시 상담도 시작하고 기분도 한결 좋아진 것 같고 그랬군요. 같은 직장에 근무하세요?"

"네. 얼마쯤은 그런 셈입니다."

당신은 류의 말이 흥미로웠다. 류의 동공이 확장돼 있다. 요즘 느껴지던 그의 에너지가 설명되는 부분이었다.

"그럼 지금의 상태는 쌍방향 커뮤니케이션이 되고 있는 건가요? 아님, 그저 바라만 보는 과정?"

"아닙니다. 물론 쌍방이죠. 충분히 느끼고 있습니다."

당신은 자신도 모르게 왼쪽 팔꿈치를 괴고 턱받침을 한 채 류를 바라봤다. 당신이 집중할 때 나타나는 버릇이었다.

"본인이 느끼는 가장 큰 변화는 어떤 것이 있을까요?"

"변화라면, 그러니까 무의식적으로 어떻게 하면 그녀를 기쁘게 해줄까를 궁리하는 자신을 보게 되는 거. 또 함께 보내는 시간은 짧은데 종일 그녀의 얼굴을 떠올리고 있는 거. 그런 정도입니다. 하하하."

류의 창백한 얼굴이 상기되고 있었다.

그날 퇴근길, 집 앞의 꽃가게에서 바이올렛 빛깔의 소국을 샀다. 꽃을 보기 위해 돈을 지불해본 적이 없는 당신이었다. 여러모로 위로가 필요한 날이었다. 비탈길을 오르던 당신은 노을 지는 서녘 하늘이 처음 본 듯 새삼스러웠다.

'피그말리온효과'(Pygmalion Effect)가 얼마나 큰 것인지 당신은 류의 변화를 보면서 실감했다. 류는 자신의 감정에 확신을 가진 근사한 남자가 되어갔다. 사랑이란 불안정한 감정에 기대어 사람이 그렇듯 달라질 수 있다는 것이 당신은 신기하기도 한편 불안하기도 했다. 슈퍼바이저와 담당의사도 얼마나 다행스런 일이냐며 애쓴 보람이 있다고 했다. 유학 수속 중이던 학교의 박사 코스 입학허가서가 날아든 것도 그때였다. 당신이 원하던 대로 정해진 학기까지 장학금을 받게 되어 더 이상 망설일 처지가 아니었다. 다행히 류와 헤어져도 좋을 만큼 류의 삼차 심리검사 결과는 모든 항목이 정상지수로 나타났다.

"이제 두 회기만 상담을 받으시면 더 이상 저와는 만나지 않으셔도 됩니다. 마침내 종결의 목적지에 도착하셨어요. 그동안 미숙한 운전자의 차에 동승하셔서 불안하셨을 거예요."

일순, 류는 침울해졌다.

"이런 날이 올 거라고는 생각했지만, 벌써 그렇게 되었군요."

"여자분하고는 순조로우시죠? 류씨, 그래 보여요."

"그럼요. 선생님이 여기 계셔서 제가 결혼하는 것도 보셔야 하는데. 참, 이번 주말에 시간 있으십니까? 제게 마술피리 초대권이 있거든요. 그녀가 시간이 안 된다고 해서요."

침울했던 것도 잠시, 류는 경쾌하게 말했다. 당신은 잠깐 생각하다 그러마고 했다. 류와의 이별을 위한 마지막 전환활동이 될 것이다.

오페라하우스에서 마술피리를 관람한 후, 류는 예약해둔 식당이 있으니 그곳에서 저녁을 먹자고 했다. 두 사람은 11월의 싸늘한 밤바람을 즐기며 식당으로 갔다. 예술의전당 건너 왼편에 자리 잡은 '릿츠'라는 레스토랑이었다. 문을 열자 마침, 마술피리 중 타미노와 파미나의 이중창이 들려왔다. 주문한 음식이 나오기 전 '마고'가 식탁에 놓이고, 와인을 따르며 류가 물었다.

"마술피리가 없었다면 타미노는 파미나를 찾을 수 없었을까요?"

"마술피리 대본을 쓴 작가가 들으면 뭐라고 할지, 자유, 박애, 선과 악 등을 그린 대작이라고 해설서에 있었는데, 역시 그렇게 보셨군요. 하기사 같은 걸 봐도 어떻게 해석하느냐는 독자의 자유지만요. 그렇다면 두 사람에게 마술피리는 희망을 상징하는 거죠. 마술을 부리는 피리가 있으니 어떤 곳에서든 그녀를 찾아낼 수 있다는. 밤의 여왕의 술책인데,

초상화만 보고도 타미노는 사랑에 빠지는군요."

"제가 아는 선생님은 그렇게 못하시겠지만 전 이미 파미나의 얼굴을 봤기 때문에 밤의 여왕의 술책인 걸 미리 알았다 해도 갈 수밖에 없었을 겁니다."

"다칠 걸 알면서도요?"

"사랑하게 되리란 걸 그녀의 초상화를 보면서 알아버린 거죠. 아니 그녀를 본 순간 사랑하게 된 거죠. 그게 타미노의 숙명이란 말입니다."

"숙명을 믿으세요? 모든 결과는 의지가 가져다주는 것이에요. 그녀를 사랑하고 싶다는 타미노의 의지가 개입된 것이기 때문에 그 사랑은 타미노의 선택이지 숙명은 아니란 거죠."

"어쨌거나 숙명은 무조건 받아들여지는 거죠. 문젠, 저는 그걸 아는데 그녀가 그걸 인식하지 못하고 있다는 거지요. 그렇다 하더라도 전 어떤 식으로든 그녀의 남은 삶에 관여하게 될 겁니다. 내 어머니처럼 그녀를 보내진 않아요. 그때 전 여덟 살이었지만 지금은 서른세 살이고 이젠 그녀를 붙잡을 마술피리가 있습니다."

그렇게 말하는 류의 이마에 푸른 정맥이 돋았다. 류와 처음 만났을 때 종종 보여주던 성마른 모습이었다. 당신의 가슴이 철렁 내려앉았다. 두 사람의 관계가 위기에 봉착한 것일까. 그러나 우려와는 달리 류는 최근, 회사에서의 에피소드를 전하며 시종 유쾌하게 분위기를 이끌어갔다.

드디어 마지막 상담 시간. 상담실로 들어선 류는 카키색 바바리에 회색 싱글 차림이었다. 디자이너답게 상담소 내의 별명이 스타일리스트일 정도로 류는 근사하게 의상을 소화해냈다.

당신은 첫 내담자의 조울증을 일시적일지 몰라도 호전시켰다. 마음에 알지 못할 쓸쓸함과 평온함이 함께 고여 왔다. 여유로워진 류는 잘 살아낼 것이다.

"그래도 우린 괜찮은 파트너였을까요?"

류가 담담한 목소리로 말했다.

"선생님도 제 말에 귀 기울여주느라 애쓰셨겠지만 저도 상당히 집중해서 선생님 말씀을 들었습니다. 칭찬해주셔야 해요."

알고 있었다. 가끔 책상 위에 놓이던 소국, 프린팅이 멋진 스카프, 분명한 용무 없는 전화. 버림받았다고 생각해 형성됐던, 자신의 쓸모없음 때문이었다고 여길 때마다 차곡차곡 쌓인 분노가 타인에 대한 관심과 배려로 바뀌어 가는 그의 모습을 보면서 당신은 상담자로서의 보람을 경험했을 뿐이었다.

"혹시, 선생님이 계신 그곳에 제가 가면 아는 척해주십니까?"

"그럼요, 언제라도. 잊지 못할 첫 내담자인데요. 결혼하시면 그분과 함께 오세요."

"내담자라……. 그렇군요. 1년을 만났는데도 우리의 시간은 그저 그런 의미로만 설명해야 되는 거군요. 혹시 제게 하실 말씀은?"

"이제 회복되셨으니까……. 자신이 원하는 '자기상'에서 이제 그만 벗어나서, 그러니까 다시 말해 타자의 시선을 의식한 나를 만들지 말고 자신을 위한, 편한 '자기상'을 가지셨으면 좋겠어요. 그러려면 자신이 진정 원하는 거, 기쁜 거에 시간을 쓰셔야지요. 그래야 지금 상태를 지속시킬 수 있으실 겁니다."

의자의 팔걸이를 연신 쓰다듬던 류는 한참 동안 말이 없다가 입을 열었다.

"선생님도 언젠가는 마술피리가 있다는 것을 믿게 될 날이 오지 않을까요? 마술피리를 믿지 않는 선생님의 삶은 무척 황량해서, 쓸쓸할 거 같은데……."

류의 말에 어떤 대꾸도 할 수가 없어 '에드워드 호퍼'의 '293호 열차 C칸'이 복사된 찻잔만 뚫어져라 보고 있던 당신은 함께 입을 다문 류의 침묵이 점점 견딜 수 없어졌다.

침묵을 감당하며 류의 말을 곱씹는 당신. 마술피리를 믿지 않아 내가 쓸쓸할 거라니, 무척 쓸쓸할 거라니. 그렇게 공연한 걸, 걱정인 듯 내 앞에서 늘어놓는 건가. 내담자의 신분인 채로…….

류는 납덩이 같은 정적을 깨고 한층 높아진 목소리로 또 느닷없이 말했다.

"선생님께 부탁이 있어요. 다시 뵙게 되면 함께 바다를 보러 갑시다. 푸른색을 좋아하시는 선생님이 바다와 잘 어울릴 것 같아서. 들어주시는 겁니다. 그리고 선생님 클림트의 '성취'가 어디 걸려 있는지 아세요? 그 작품의 의도는요? 다음에 만나게 되면 그 뒷이야기를 들려드릴게요."

류는 '성취'가 '스토클레 프리즈'의 연작이라고 이야기하고 싶었던 걸까? 지킬 수 없는 약속을 하고 싶지 않았던 당신이었지만 류의 집요한 시선에 어쩌지 못해 고개를 끄덕여주었다.

류가 문을 나설 때 배웅하고 싶었으나 당신은 상담자로서 이별하는 법을 가르쳐야 했기에 문 앞에서 멈춰 섰다. 류는 언제나처럼 당신을 향해 유쾌한 웃음을 보여주고 큰 걸음으로 복도를 걸어갔다. 다시 마음을 다잡고. 다시 상담을 시작해 당신의 각별한 정성과 몰입에 화답하듯 나날이 경쾌해지던 류. 종결 무렵이면 이전 상황보다 더 큰 상황을 전하기도 했던 류와 더 이상의 문고리 상담은 이어지지 않을 것이다. 이제 그는 두 발로 오롯이 혼자 돌아섰다.

한 번쯤 뒤돌아보고 손을 들어주지 않을까 싶어 내내 복도에 서 있던 당신을 카키색 바바리는 끝내 돌아보지 않았다.

못 견디게 바다가 보고 싶어진 건 이곳을 경유하고 싶다는 숨은 욕구 때문이었을까? 고즈넉한 실내를 가로질러 오디오 박스 앞에 선 당신은 시디를 꺼내 플레이어에 넣고 작동시킨다. 당신은 골똘해진다.

유학생활 중 당신은 타국에서 너무나 고단했다. 어느 날 밤, 잠결에 끊임없이 울리는 벨소리에 수화기를 들자 슈퍼바이저였다. 당신은 까닭을 알 수 없는 불길함에 수화기를 다잡았다. 그가, 류가 이번엔 목을 맸대 하고 말했다.

수화기를 놓고 망연히 앉아 있던 당신의 눈앞에 그 상담실이 마치 스크린처럼 펼쳐졌다.

당신이 내담자였던 류의 그 수많은 몸짓과 말들을 올올이 새기려 완벽하게 류를 응시했던 시간이 고인 그 공간. 때로 강허달림의 노래처럼 눅진히 잠겨오던, 때로 나비의 가벼운 날갯짓처럼, 수면 아래로 가라앉았던 시간을 불러와 마음을 요동치게 하는 임영웅의 슬픔이 오롯이 담긴 노래 한 곡을 들을 때, 이미 '슬픔'의 한 생을 모두 겪은 사람인 듯 하염없이 행간 뒤의 말을 전하던 류.

그러나 애써 희망을 역설하지 않을 수 없었던 상담자인 당신. 류를 향한 말이라고 여겼던 상담자의 말, 또 그 말로 드러내지 못한 마음을 한 올 한 올 짜 내려간, 견고했다고 믿었던 '시간'이 손가락 사이로 마구잡이로 달아나며 흩어지는 걸 당신은 그 밤, 밝음이 어둠을 몰아낼 때까지 고스란히 목도하고야 말았다.

류의 해결하지 못한 유년의 슬픔을 치유했다고 판단한 건 당신의 오만이었을까?

아이가 갑자기 어머니를 잃으면서 느꼈을 안전망의 상실감과 불안을 견디며 스스로 안전망이 되고자 나날이 증폭됐을 강박이 종내 조울증으로까지 표출됐을 것이다. 그런 그에게 너는 이제 어른이 됐으니 그만 괜찮아져야 한다고, 당신 또한 류의 마음을 설계하려 했던 건 아니었을까?

류에게 당신이 힘껏 전하려 했던 것 중 하나가 자신의 마음을 타인에게 드러내 전달하는 방식이었는데, 류는 타미노처럼 침묵을 시련의 일부로 받아들인 것일까? 그는 왜 그토록이나 간절히 원하는 걸 말하지 못했던 걸까?

외부로부터 박힌 가시가 점점 자라나서 종내는 자신의 내부를 공격하는 치명적인 무기가 된다는 거. 거절당한 상처는 잊혀지지만 말하지 못해 참느라 생긴 내상이 얼마나 치유가 어려운지를 당신은 당신의 내담자에게 주지시켰어야 했다. 보여지는 것과 보여지지 않는, 즉 의식과 무의식의 간극. 당신은 결국, 그 너머를 읽지 못한 상담자였다.

당신보다 당신을 더 잘 읽고 있던 류는 부단히 당신이 원하는 내담자의 모습으로 자신을 연출했을 것이다. 당신이 상담자로서 내담자에게 전이되는 것을 염려하고, 프로필을 잘 쓰고 싶어 안간힘을 다해 참고 있었던 거처럼……. 전이가 두려워 당신이 참느라 잃어버린 것. 당신의 기억에서 되살아난 상실감이 파랑을 친다. 자신의 삶이 견딜 수 없이 쓸쓸했음에도 당신 삶의 황량함을 염려해주었던, 아직도 당신의 귓전에 남아 있는 류의 명료한 목소리. '어떤 방식으로든 그녀의 삶에 관여하게 될 것입니다.'

류가 마지막 상담 중 전하려 했던 말은 클림트의 샴쌍둥이 같은 작품, '생명나무' 중 기다림에 관한 것이었을까?

응용미술관 작품해설서의 남은 글귀가 떠오른다.

스토클레 저택의 식당 세 벽면에 장식되어 있는 '스토클레 프리즈'는 중간에 위치한 패널과 식당의 창문이 대칭을 이루며 작은 창을 통해 현실의 시간을 인식시켜주는 상징성을 지닌 오브제이다. 다시 말해 무한대의 공간과 시간, 그 안에서 '생명나무'와 '기다림' 이윽고 사랑의 '충만한 성취'로 이어지는 작가의 의도를 담아내고 있는 대작이다.

벽에 걸린 클림트의 '성취'를 바라본다. 일순, 당신 안에 쌓여있던 피로감이 모래기둥처럼 와르르 쏟아진다. 뒤이어 그 풍경, 보는 이조차도 얼싸안아주는 듯한 두 사람의 완벽한 포옹에 당신은 가만히 손을 얹고 찬찬히 쓸어내린다. 그러나 또 일순, 저 모습 뒤에 두 사람이 서로에게 전하지 못해 참고 있는 말은 없는 것인지 당신은 그치지 않는 상념 속으로 걸어 들어간다.

오디오에서는 마술피리 중 '얼마나 아름다운 모습인가'(Dies Bildnis ist bezaubernd schon)가 타미노의 아리아로 울려 퍼진다. 당신은 뒤를 돌아 출입문을 살핀다. 주인을 기다리는 것이 무료하다 못해 초조해졌지만 당장 저 문을 나설 생각은 없다.

당신은 사람이 드나드는 출입구가 잘 보일 거 같은 2층으로 향하는 계단을 오른다.

| 평론 |

사랑만이 희망이라고 노래한 '성취'

- 강영(소설가)

좋은 글을 읽는다는 건 참으로 귀한 일이다. 우선 좋은 글 대부분은 사랑을 이야기하고 있다. 부모 자식 간의 사랑, 남녀의 사랑, 아이들의 사랑, 뒤틀린 사랑, 새끼줄처럼 꼬인 사랑. 사랑은 그 종류도 각양각색이다. 인류의 인구들이 다 사랑을 하고 있지만 똑같은 사랑은 하나도 없다 할 정도다. 그러니 예술작품의 주요 주제다. 어제 사랑 이야기를 읽고 오늘 사랑 이야기를 또 읽어도 지겨울 정도로 지겹지 않다.

서지희의 단편소설 「마술피리」는 액자형 소설이고 이인칭 소설이다. 사랑하는 연인들이 서로 원해서 다시 만나는 장면을 앞뒤 액자로 해서 두 사람이 그 진정한 사랑에 이른 긴 여정을 안의 그림, 즉 내용으로 하는 소설이다. 제목 마술피리는 오페라 '마술피리'를 중의적으로 쓴 것이다. 이외에도 이 소설의 큰 특징은 다른 예술 작품을 아주 적절하게 소품 또는 배경으로 하고 있는 점이다. '성취'라는 클림트의 작품도 메타포로 쓰이고 있다. 화자의 방에 걸었던 그림은 나중에 첫 심리 내담자의 치유를 위해 상담실로 옮겨진다.

심리 상담사인 여자 주인공이 어느 날 미치도록 바다가 보고 싶었다. 그래서 자동차로 달려가 바다를 보고 돌아오는 길에 동료가 강추한 카페 '마술피리'를 방문한다. 오페라 마술피리에 대한 추억이 있는 그녀는 긴가민가하면서 열려있는 출입구를 통해 안으로 들어간다. 안에는 사람은 아무도 없다. 마술피리의 음악이 흐르고, 금방 커피를 내려 마실 수 있도록 준비되어 있지만 사람은 없다. 의아한 그녀는 실내를 둘러보며 그림 '성취'를 마주한다. 성취는 그녀가 여행하며 보게 된 그림으로 두 남녀가 포옹을 하고 있는 그림이다. 그리고 그 포옹하는 두 사람을 포함해서 그림 전부를 포옹하는, 세상 전부를 안아주는 느낌을 주는 뒤 풍경이 펼쳐져 있다. 그녀는 그 그림 모형을 사서 돌아와 자신의 벽에 걸었던 것이다.

마술피리만큼이나 '성취'에 대한 기억이 생생한 그녀는 카페의 주인이 궁금해진다. 이에 독자도 카페의 주인을 기다리는 심정으로 작품을 몰입해서 읽게 된다. 주인공 여자가 자신의 추억을 상기하느라 카페 주인을 기다리는 시간이 지루하지 않았듯이 독자는 그 추억을 듣느라고 조금도 지루할 틈이 없다. 게다가 아주 조금씩 보여주는 두 사람의 사랑 이야기에 성마르기조차 하다. 독자로 하여금 작가는 긴장감과 읽고 싶은 욕심의 줄을 팽팽하게 한다.

주의 깊게 읽어야 읽히는 섬세한 묘사

소설적 논리가 소설적으로 잘 구축되어 있다. 여자주인공이 남자주인공 류를 사랑한다는 것과 류가 그녀를 사랑한다는 사실이 독자가 가장 궁금해하는 부분이다. 작가는 그 사실을 경제적으로 조금씩 보여준다. 그것은 또한 너무도 소설적 화법으로 이뤄지고 있기 때문에 참으로 주의 깊게 읽지 않으면 그런 논리들을 놓치고 만다. 그렇지만 여주인공이 류를 사랑한다는 그 사실은 아주 정확하게 구축한다.

류가 다른 여자와 사랑에 빠진 것으로 오해를 하고 있는 여주인공의 심리를 '오늘은 여러모로 위로가 필요한 날이다'라고 묘사해 놓았다. 실은 사랑하는 사람의 상대가 자신이 아니라는 걸 알게 된 날의 얄궂은 심리묘사를 그렇게 한 것이다. 이 얼마나 섬세한 표현인가. 류는 류대로 여태 상처 속에서 고통의 날들이 아예 습관이 되어 자신의 사랑을 겉으로 표현하지 못한다. 하지만 여주인공에게 자신의 엄마를 닮았다는 말을 통해 사랑한다는 사실을 분명히 한다. 이러한 묘사들이 상처를 깊이 받았던 두 사랑의 주체자이기 때문에 더 더욱 설득력을 가진다.

너무나 오랜 세월 상처 속에서 견뎌온 그들은 고백을 하지 못해 사랑하는 상대와 또다시 아픈 이별을 해야 한다. 자신의 마음을 소탈하고 정직하게 내보이는 일을 하는 데 익숙지 않았던 것이다. 마치 갓난아이들의 여리디여린 마음처럼 스스로도 구체화하지 못하는 탓도 있을 것이다.

또한 작가는 이 작품을 통해 진정한 '성취'가 무엇인지 끈질기게 묻고 있다. 진정한 성취는 사랑이라는 결론에 도달할 때까지 독자를 끝까지 설득한다. 우리가 세상일에서 아무리 고급한 성공을 했다고 해도 거기에 사랑이 없다면, 그 허무가 끔찍하다. 반면에 어떤 일에서 실패를 했다고 해도 괜찮다고, 다시 시작하자고 격려해주는 사랑이 곁에 있다면 실패는 바로 희망으로 변신한다. 비록 그 사랑이 다시 고통을 가져다줄지라도 그 사랑만이 희망이라고 작품은 말하고 있다. 곧 그 사랑의 성취는 숙명적으로 희망을 불러온다고도 강변

한다.

이래서 좋은 작품은 읽는 것만으로도 많은 공부를 할 수 있다. 그리고 가장 중요한 것은 나도 더 좋은 소설을 쓰고 싶다는 투지를 불러오는 것이 좋은 글의 특징이다. 나도 좋은 소설 쓰고 싶다!

(출처 : 경남도민신문 http://www.gndomin.com)

강영

진주가을문예 당선으로 등단. 실천문학 신인상 수상. 작품집 『나비, 사바나로 날다』가 있다.

그 여자의 푸른 나비

한번은 그대 안의 푸른 나비를

만나리니

• • •

거기 없니? 널 보려고 아침 기차를 타고 동쪽에서 왔어. 메시지 듣는 대로 전화해. 여자가 수화기를 바라보는 사이 목소리는 끊긴다. 누구라도 목소리를 듣는 순간 신뢰하게 만드는 힘이 실린 다감하면서도 분명한 어조는 희였다. 오랫동안 잊고 있었던 희의 목소리. 희는 때때로 여자의 차가운 손을 감싸주곤 했다. 여자는 잊었던 희의 따뜻한 체온이 되살아오는 듯해 자신의 손을 마주 잡아 본다. 여자는 자신의 두 손을 내려다본다.

침대에 누운 채로 손을 뻗어 응답기에 자동 저장되어 있는 답신 중 3번을 선택해 누른다. 저는 지금 여행 중입니다. 메시지를 남겨 주십시오. 답신을 들어보며 여자는 그 목소리가 목울대 없는 자동인형의 그것과 같다고 생각한다.

여자가 희의 집에 머물던 때, 여행을 떠나고 싶을 때면 주저 없이 여장을 꾸리던 희는 언제나처럼 커다란 캐리어를 끌고 왔을 것이다. 혼자 남겨질 여자의 눈에 담긴 두려움을 다독이듯 희는 말하곤 했다. 다녀올게. 잘 지내고 있어. 잘 지내란 말에는 희가 없는 동안 희의 집에서 여자가 작아질 것을 염려하는 진정성이 깃든 거처럼 들렸다. 여자는 할 수만 있다면 희의 가방과 동행이 되고 싶었다.

희가 집을 비운 동안 여자는 작은 목소리로 희의 남동생을 가르쳤고 더 조심스러운 발걸음으로 집 안을 오갔다.

곧잘 일상 밖으로 여행을 떠나던 희처럼 여자도 이제는 여행을 떠난다. 기차도 비행기도 타지 않는 여행을 떠날 때면 일상을 위해 켜둔 머릿속의 램프를 모두 소등하고 잠신해 간다. 오롯이 혼자일 수 있는 그곳, 누구와도 관계의 조건에 맞춰 말을 섞지 않아도 되는 여자만의 여행. 여자는 시트를 어깨까지 끌어 덮고 눈을 감는다.

누군가 여자를 보며 웃는다. 요란한 웃음소리를 따라 희고 긴 손가락이 흔들린다. 그 손가락들 사이로 수많은 지네가 여자를 향해 쏟아진다. 지네 떼는 금세라도 여자를 흡입해버릴 것 같다. 가까이 오지 마! 싫어, 싫어! 그러나 여자의 생각은 말이 되어 나오지 않는다. 여자는 몸을 둥글게, 더 둥글게 말아 필사적으로 자신의 몸을 당겨 안아보지만 부피를 느낄 수 없고 공포감은 이내 눈물이 되어 눈꼬리로 흐른다.

잠에서 깬 여자가 침대에서 천천히 일어나 앉는다. 땀과 눈물로 젖은 얼굴을 벽에 기대고 여자는 망연해진다. 요즈음 들어 부쩍 반복되는 꿈에서 깨어나면 베갯잇은 어김없이 흠씬 젖어 있다.

여자는 텔레비전을 켠다. 진행자가 목소리를 내지 않는 뉴스는 먼 나라에서 일어난 지진을 보여준다. 부모를 잃은 슬픔에 울고 있는 어린아이가 카메라에 잡힌다. 형체를 알아볼 수 없게 일그러진 참혹한 사람들의 시신이 들것에 실린다. 여자는 구급약 상자에서 일회용 밴드를 꺼내 브라운관 안의 취재기자 입에 붙인다.

어린아이의 당혹스런 표정, 이별은 적색경보 없이 불시에 찾아온다. 여자를 남기고 한마디의 예고도 없이 죽어버린 아버지의 부재. 그 후, 새아버지와 세 명의 이복동생을 여자가 견뎌야 했던 것처럼 아이는 새로운 사람들에 의해 사육될 것이다.

몹시 허기졌을 나비가 싱크대 벽을 긁어댄다. 여자는 생각한다. 어떤 상황이든 얌전하게 감수해야만 곁방살이를 유지할 수 있는 거라고. 냉동고에서 꽁꽁 얼린 슈크림빵을 꺼내 전자레인지 회전판에 올린다. 멈춤 벨이 울리자 접시에 담은 슈크림빵을 잘게 부숴 싱크대 문을 열고 접시를 놓는다. 음식 냄새를 맡고 나비가 접시 앞으로 달려든다. 여자는 싱크대 앞에 쭈그리고 앉는다. 가족들이 물린 밥상 앞에 앉아 급하게 시장기를 채우는 여자에게 새아버지는 매번 새삼스럽게 말했다. 배가 고팠구나. 천천히 먹으렴.

나비를 쓰다듬으며 여자는 희의 집, 식당에 놓여 있던 대리석 식탁을 떠올린다. 도우미가 아침마다 차려 내던 세 번의 식탁. 희의 동생을 위한 그리고 운전사와 도우미, 여자를 위한 소박한 식탁과 희와 희의 어머니를 위한 식탁이었다. 아침임에도 샹들리에 불빛 아래 앉아 품위 있게 식사를 하던 희의 어머니는 여자에게 말하곤 했다. 같이 식사하지. 아니 괜찮아요. 사양하고 돌아선 등 뒤에서 들려오는 말소리에 여자는 귀를 의심했다. 우리 식사할 때는 좀 안 나다니면 좋겠어. 여자를 밀어내는 듯한 그 집의 고급스런 집기들의 생경함과 함께 내내 쫓아다니던 말이었다.

여자는 시디플레이어를 작동시킨다.

홀로 길을 나선다.

자갈길은 안개 속에서 반짝인다.

밤은 고요하고, 무엇을 기다리고 있나. 무엇을 바라나.

아무것도 기다리지 않으며 지나가버린 것에 아쉬움도 없다.

평온을 위해 자신을 잊고 잠들고 싶을 뿐.

'미하일 레르몬토프'(Mikhail Lermontov)의 시에 '스베틀라나'(Svetlana)가 노래를 부른 '나홀로 길을 가네'(Je Vais Seul Sur la Route)는 듣는 동안 내내 마음을 저미는 애절한 목소리와 가사다.

책상 앞에 다가간 여자는 데스크톱의 전원을 누른다. 모니터의 바탕화면은, 막 어딘가로 떠나려는 기차가 꿈틀대는 플랫폼이다. 화면을 볼 때마다 여자는 자제할 수 없는 충동에 사로잡힌다. 스물여덟 해의 저편이 없었던 듯 무연한 심정으로 그 기차를 타고 싶어지는 욕구.

침대에 누워 모니터를 바라본다. 모니터는 초기화면을 지나 지중해성 기후에만 서식한다는 푸른 나비가 팔랑거리고 있다. 여자는 나비를 그윽히 바라본다. 저 푸른 나비처럼 지중해의 하늘을 날 수만 있다면. 그래서 바다든 호수든 구분이 필요하지 않은 그곳, 몰타에 생의 닻을 내리고 한가로이

물을 바라보며 살 수만 있다면……. 눈을 감지만 좀처럼 잠이 오지 않는다. 여자의 손이 침대 옆 서랍을 열어 보라색 알약을 집어낸다. 물 없이 그것을 자근대는 여자의 귓전에 약사의 말이 들린다. 상습복용 시에는 양이 점점 늘어날 거예요. 다른 약국을 찾아봐야겠다는 생각을 하면서 여자는 잠이 든다.

끊임없이 무의식을 두들기는 거센 빗소리. 그러나 어렵사리 눈을 뜨자 그 소리는 전화벨 소리로 바뀐다. 이어서 들려오는 목소리. 원고 교정은 다 됐나요? 내일까지 부탁합니다. 전화가 끊기고 다시 벨이 울린다. 나야. 희. 네 목소리를 기다리고 있어. 여자는 느릿느릿 일어나서 주방으로 가 주전자를 가스레인지에 올린다. 레버를 비틀자 빨간 불꽃이 인다. 응답기는 멈추지 않는다. 아직 외출에서 돌아오지 않은 거니? 메시지를 들었다면 전화하고 바로 이리로 달려왔을 텐데. 제발 휴대폰을 개통해. 이리 오면 당장, 내가 개통해 줄게.

응답기가 멎는다. 원하는 것은 꼭 해야만 하는 희는 대답을 들을 때까지 전화 거는 걸 멈추지 않을 거다.

여자는 벽에 걸린 흰 모자를 쓰고 거울 앞에 선다.

네 목소리는 여전히 말을 건네고 싶게 하는구나. 너를 만나기 전, 몹시 외로웠어. 열다섯 살 때 아버지가 죽자 사람들의 눈에는 내가 더 이상 보이지 않는 거 같았어. 때문에 세상에 존재하지 않는 거처럼, 움직이는 법을 배워야 했어. 또 무엇보다 사람들과 소통하고 싶었기에 상냥해지고자 했지. 최대한 정감이 도는 말을 골라 하려 애썼고. 새아버지와 이복동생들을 위해 밥상도 차렸어. 하지만 소통 대신 돌아온 건 날카로운 화살이었어. 말이 왜곡되는 것만큼 찬밥으로 끼니를 때워야 하는 횟수도 늘었지. 엄마는 나 때문에 새아버지와 다툴 때마다 내게 말했어. 넌 습한 곳에 기생하는 지네 같은 아이야. 네가 태어나고 내 팔자가 꼬이기 시작했어. 중학교 졸업시킨 것도 감지덕지지. 꼴에 공부를 계속하겠다니. 지네 다리만큼 많은 네 욕심 채우자고 내게 눌러붙어 내 진을 다 빼먹을 못된 것.

공부만 계속할 수 있다면 엄마의 말처럼 어둡고 습한 곳에 서식하는 지네라도 나는 괜찮다고 생각했어. 더 이상 학비를 댈 수 없으니 학교를 그만두라는 새아버지의 말이 낸 상처를 감당하며 틈만 나면 책을 붙잡았어. 그때, 모교의 선생님들이 대학의 첫 등록금을 마련해주지 않았다면 지금쯤 어느 사무실에서 잔무를 보며 이복동생들의 학비를 보태기 위해 일하고 있을 거야. 너를 만나고 난 후, 너의 그 말씨와 미소에 기대어 내 마음이 얼마나 달달한 초콜릿 같아졌는지 넌 몰랐을까.

여자는 끓고 있던 찻물을 찻잔에 따르고 허브를 몇 잎 띄운다. 방 안에 민트 향이 번진다.

나비가 싱크대를 긁어대는 소리에 여자의 신경이 곤두선다.

처음에 나비는 아니, 놈은 더위를 참지 못해 열어놓은 창문의 엉성한 보안 창살 사이로 순식간에 틈입했다. 여자는 모니터 앞에 앉아서 풀리지 않는 하나의 낱말 때문에 움직이는 커서를 심상하게 노려보던 참이었다. 갸르릉대는 돌연한 소리에 놀라 뒤돌아보았을 때, 놈은 막 공중회전 돌기를 끝낸 체조선수처럼 앉아 있었다.

여자는 미처 예측하지 못한 이 상황을 어떻게 받아들여야 할지 몰라 의자에서 엉거주춤 일어섰다. 놈은 놀랍도록 작은 새끼였다. 여자는 잠옷 위에 코트를 걸친 후, 신문지를 돌돌 말아 움켜쥐고 현관문을 활짝 열었다. 놈은 그 사이 침대 위로 올라가 몸을 둥글게 말고는 푸른 안광을 내쏘았다. 무섬의 시간을 견뎌내던 여자가 참다 못해 들고 있던 신문지로 놈을 내리쳤다. 놈은 기습적인 공격에 놀라 열린 문으로 쏜살같이 뛰어나갔다. 여자는 안도의 숨을 내쉬며 현관문의 잠금쇠를 걸고 커피포트의 스위치를 올렸다.

오문과 비문을 바로잡기 위해 사전을 뒤적이다가 여자는 그 소리를 들어야 했다. 마치 엄마 잃은 어린 아기의 그것처럼 처연하게 울어대는 놈의 울음소리. 집요하게 들려오는 그 소리에 여자는 진저리를 쳤다. 듣고 있던 오디오의 소리를 높이고서야 비로소 놈의 울음소리가 사라졌다. 시계가 아침 여섯 시를 가리키자 여자는 사전을 덮고 일어섰다. 밤새 혹사당한 눈망울은 붉게 충혈되었고 눈꺼풀은 뻑뻑했다. 잠자리에 들기 전 칫솔질을 하려고 목욕탕 문을 열자 그 소리가 다시 들려왔다. 아직 잠들지 못한 놈의 울음소리. 여자는 무엇엔가 이끌린 거처럼 차마 떨어지지 않는 발걸음을 떼어 지층의 현관문을 열었다. 문소리에 등을 곧추 세운 놈이 희붐함 속에서도 또렷이 보였다. 여자에게도 그런 날이 있었다. 희의 집에 머물면서 처음으로 늦은 귀가를 했던 날. 아무리 인터폰을 누르고 전화를 걸어도 대답해주는 이가 없던. 여자는 결국 편의점에서 새날을 맞아야 했다.

잠시 놈을 마주 보던 여자는 이내 눈을 내리깔고 말았다. 전의를 상실한 여자를 가로질러 놈이 안으로 들어온 것은 그때였다. 여자는 그런 놈을 물끄러미 바라보다가, 어쨌든 울음소리를 더 이상 듣지 않게 되어 다행이라고 생각했다. 여자는 슬그머니 놈의 곁으로 다가갔다. 놈은 초저녁과는 달리 지친 듯 앞다리를 주욱 뻗은, 방심한 자세였다. 오랫동안 굶주린 모양이었고, 오물이 말라붙은 털은 본래의 제 빛깔을 알 수 없을 만큼 더러웠다. 고무장갑을 낀 여자는 놈을 잡아들고 목욕탕으로 갔다.

여자는 대학의 오리엔테이션에서 희를 처음 만났던 일을 기억해냈다. 자신의 동생, 입주 가정교사 자격으로 여자를 집으로 데리고 간 희의 첫마디는 더운물로 씻으란 말이었다. 여자는 샤워기 밑에 서서 자신이 배려되고 있다는 느낌에 아버지를 떠올리며 울었다.

대야에 온수를 채우고 놈을 천천히 물에 담갔다. 놈은 잠시 버둥거렸지만 곧 체념한 듯 온순해졌다. 고무장갑을 통해 전해지는 물컹한 촉감에 여자의 미간이 좁아졌다. 적당량의 보디샴푸를 바르고 놈의 등에 샤워기를 들이댔다.

젖은 몸피를 수건으로 털어내던 여자의 눈이 일순 빛났다. 등 부분에 선명하게 자리 잡은 문신을 본 것이다. 그것은 분명 누군가가 공을 들여 새겨 넣은 나비 문양이었다. 금세라도 하늘을 날 것처럼 보이는 푸른 빛깔의 나비를 여자는 유심히 들여다보았다.

시리얼에 우유를 부어 주자 순식간에 그릇을 비운 놈은 나른한 듯 몸을 풀고 이내 순하게 잠이 들었다. 잠자리와 아르바이트를 한꺼번에 얻고 안도했던 여자의 표정처럼. 여자는 젖은 털이 보송해지고서야 놈이 드물게 우아한 흰색 털을 가졌다는 걸 알았다. 그날부터 놈의 이름은 나비가 됐고 지하셋방 여자의 일상에 편입됐다.

책상에 앉아 국어사전을 뒤적인다. 일상에서 쓰지 않는 새로운 말을 찾아내는 습관은 희를 만나면서부터 생겨났다. 여자가 전공과 상관없이 교정을 보게 된 것도 희와 무관하지 않았다. 두 번째 원고를 가지러 출판사에 갔을 때 담당 부장이 말했다. 탁월한 능력이에요. 처음인데 완벽하군요. 여자는 돌아서 나오며 중얼거렸다. 처음이라니, 지난 4년간 무수히 해온 작업인데. 의자에서 일어난 여자가 흰 모자를 쓰고 거울 앞에 선다.

기억나니? 그 옷. 푸른 시폰 원피스. 한번만이라도 꼭 입어보고 싶었어. 너에게 잘 어울리는 그 옷을 입으면 혹시 내가 너처럼 밝아질 거 같아 마음이 마구 나부꼈지. 그 옷을 입고 거울 앞에 섰을 때 얼핏 본 내 모습이 희, 너와 흡사한 것 같기도 했고. 그때 마침 그 모습을 목격한 너는 내가 부끄러움을 감추기도 전에 말했다.

'그렇게 입는다고 지네가 사람이 되겠어?' 그 말에 뻣뻣하게 몸이 굳은 내게 너는 당장 말을 수정했어. '아니, 농담야. 농담이라고, 이쁘다.' 엄마에게 받은 상처를 보여줄 수 있었던 단 하나의 친구에게 '지네'라는 말을 듣게 되다니. 그 말이 마음을 얼마나 아프게 했는지 '사람'인 넌 상상도 못했겠지.

네가 가장 자주 했던 말은 '넌 나의 소중한 친구야'라는 말이었어. 처음 그 말을 듣고 얼마나 가슴이 뛰었던지. 내게도 따뜻함이라는 말과 동의어인 네가 더없이 소중했어. 크고 작은 모임이 있는 날이면 네게 소중한 친구인 내가 필요할 것 같아 네 곁을 서성거리며 지나는 하루해는 왜 그렇게 길던지.

혼란스러웠어. 네 말대로라면 여전히 소중한 친구인 나를 왜 부르지 않는가 하고.

시간이 지나면서 네가 원하는 만큼의 거리를 지켜야만 우리 사이가 유지된다는 걸 알아버렸지. 견딜 수 없었던 건 그 말을 이해하는데 너무 많은 시간을 허비했다는 거야. 꼬박 4년이란 시간이 지나갔거든.

앞으로도 오랫동안 너와 함께 떠오를 그날. 우리는 졸업식 리허설이 끝나고 학교 앞 주점으로 몰려갔다. 너는 언제나처럼 넘치는 재기로 분위기를 이끌어갔어. 너에 의해 선택될 때 더욱 빛나고야 마는 말들. 네가 입꼬리를 올릴 때마다 사람들 사이에 유쾌한 웃음소리가 넘실거렸어. 그런 너를 바라보며 동동주 잔을 기울이고 들고 온 책장을 넘겼어. 그즈음의 나는 부쩍 어디서든 책을 펼쳐야만 마음이 편했어. 그래선지 가끔은 책 안의 활자들이 머릿속을 비집고 들어와 기어다니는 꿈을 꾸기도 했어.

오늘 같은 날, 책 읽지 말고. 내 옆자리로 와. 그 너는 다름 아닌 네가 나를 지칭하는 것이었어. 그 말을 들은 학우들의 눈길이 내게로 향했어. 순간, 얼굴이 후끈거렸어. 오. 그래. 우리 과에 저런 아이도 있었나. 쟤 이름이 뭐였지? 그런 의미가 담긴 시선들이 오가는 동안 적지 않게 마셨던 동동주의 취기가 싹 가셨어. 그때 네 옆에 앉았던 조교가 알은체를 했어. 아 맞아, 희가 항상 너를 챙기지. 이리 와라. 마지못해 네 옆으로 옮겨 앉는 나를 보며 다른 목소리가 말했어. 근데 우린, 쟤 이름을 모르겠어. 휴학했다가 복학했나? 아님 편입생? 그래, 네 소개를 해봐. 애들이 잘 모른다잖아. 네 말에 나는 고개를 더욱 깊이 숙이고 무릎 위의 활자를 읽었어. '그녀는 밥상을 놓았습니다.' 하지만 책을 계속 읽을 수는 없었어. 내게 쏠린 눈총이 무겁게 느껴져 얼핏 고개를 들었을 때 보고 말았지. 그 호기심에 차고 얼마쯤은 조소가 어린 얼굴들을.

반사적으로 난 너를 쳐다봤지. 곤혹스러운 사태를 무마해 달라는, 너라면 충분히 해줄 수 있다는 구원을 요청하는 눈빛으로. 그러나 곧 일어날 상황이 흥미롭다는 기대감으로 번들거리는 너의 표정을 확인했을 뿐이었어. 애써 다시 책을 읽었어. '정갈하게 상을 닦았습니다.' 스톱모션처럼 무거운 정적이 족쇄처럼 감겨왔어. 나에 대해서 말을 하라고? 무슨 말? 꼭 말로만 해야 하나? 말을 해야 한다는 강박관념이 내 머릿속을 터질 듯 짓눌렀어.

잠시였을까. 아니 영원처럼 길었을까. 그 무언의 시간 속에서 나를 향해 들려오는 목소리를 듣고 있었어. 말을 해. 말하는 게 뭐가 그렇게 어려워서. 네가 누구인지 설명하란 말이야. 왜 바보처럼 말을 못 하지. 그 납덩이 같은 침묵을 깬 건 단연 너였다. 얘는 말하는 거 싫어해. 느낌을 말로 옮기면 본래의 의미가 가벼워진다고 생각한대나. 그리고 왜 지방에서 올라온 아이들, 사투리 때문에 말하기 싫어하는 거 좀 있잖아. 나랑 한집에 사는데 하루 종일 말 한 마디 안 할 때도 있어. 그러니 존중해주자. 괜찮아 말 안 해도. 재 울 거 같잖아. 네 말에 이내 좌중은 나를 놓아주고 이전의 왁자한 분위기로 돌아갔어.

나는 뻣뻣해진 뒷목을 숙여 다시 책을 읽었어. 하지만 글자는 제대로 읽히지 않았어. 그때였어. 지네였다. 다리가 수십 개 달린 지네들이 책 속에서 기어 나와 내 손으로 스멀스멀 기어올랐어. 내 눈을 의심했으나 그건 분명 지네였어. 놀란 나는 지네를 털어내려고 들고 있던 책을 술상 위에 다급하게 내리쳤어. 하지만 그럴수록 지네의 수는 더욱 늘어만 갔어. 더럭 겁이 난 나는 책장을 찢었어. 마구잡이로 책장을 찢고 또 찢었어. 내 행동에 놀란 네가 물었지. 왜 그래? 무슨 일이야? 내가 목울대를 젖히며 올라온 말을 겨우 토해내듯 말했어. 지네가, 지네들이……. 이것 봐. 지네야. 지네라고! 나는 마침내 자리에서 벌떡 일어나 비명을 질렀어. 비명을 멈출 수가 없었어. 사람들은 내 갑작스런 비명을 참지 못하고 귀를 막았어. 어느 순간 나는 달리기 시작했어. 수많은 지네들이 나를 쫓아왔어. 출입구에 다다라 흘낏 뒤를 돌아보았을 때도 사람들의 입과 지네들은 맹렬한 기세로 쫓아오고 있었어. 밖으로 나와 주점의 문을 황급히 닫자 그제야 더 이상 지네는 보이지 않았지. 클로즈업된 것 같은 사람들의 입, 지네들이 금방이라도 쫓아 나올 거 같았지만 나는 불결한 벽에 기대어 오랫동안 꼼짝하지 못했어. 나를 따라나온 사람이 없다는 게, 더 이상 지네를 보지 않아도 되는 게 다행스러웠을 뿐이었어.

채 잠들지 못한 도심의 휘황한 네온. 밝은 가등. 넘쳐나는 사람들의 웃음소리에 섞여 들려오는 너의 붉은 목소리. 밝았어. 너무나 밝아서 눈이 아팠어. 나는 마치 대낮의 창창한 햇빛을 피하듯 두 손으로 눈가리개를 하고 현란한 불빛 사이를 걸었어. 큰길을 따라 하염없이 걸으면서 나는 간간이 희미하게 웃으며 간간이 혼자말을 했어. 희, 네 옆에서 나는 너무 어두워. 내가 캄캄한 줄은 알았지만 이렇게 칠흑 같은 줄은 몰랐어.

여자는 사전에서 금방 찾아낸 새로운 말을 컴퓨터에 옮겨 저장한다. 그리고 확대한 글자를 출력한 다음 한 글자씩 가위로 오려서 벽면에 붙인다.

여자는 몸을 오그리고 침대에 눕는다. 전화벨이 울린다. 벨소리가 울릴 때마다 손가락을 하나씩 접다 여자는 잠이 든다. 여자가 잠든 사이 응답기의 테이프는 감기고 멈추기를 몇 번이나 한 것일까. 눈을 뜬 여자는 테이블 위로 손을 내밀어 재생 버튼을 누른다. 나야, 희. 내일 아침에 기차를 타고 동쪽으로 가야 해. 네가 보고 싶어. 응답기에는 같은 내용이 다섯 개 저장되어 있다. 희의 찰랑찰랑한 긴 머리 위에 씌워져 있을 희디흰 모자가 떠오른다. 희에게 모자는 언제부터인지 외출 시의 필수 지참물이 되었다. 그러니 희는 분명, 동쪽에서부터 그 흰 모자를 쓰고 왔을 것이다.

취업 준비 중, 보다 좋은 조건의 기업에 입사하고 싶었던 여자는 수십 번의 채용시험에 응시했다. 서류전형과 필기시험은 쉽게 통과했던 여자가 마지막 면접에서 번번이 떨어지는 이유. 면접관들의 질문에 여자는 예, 아니오라는 단답식 대답밖에 하지 못했다. 대답할 말을 정리하는 여자의 귓전에는 희의 유려한 말들이 맴돌았을 뿐이었다. 자신감을 잃어가던 여자는 생활정보지의 교정 구인 광고를 보았다. 일을 얻고 가까스로 독립하게 됐지만 여자는 어머니에게 새 주소를 알리지 않았다.

희의 집에 머물면서 처음이자 마지막으로 혼자 내린 결정을 알리자 희는 말했다. 어떻게 그럴 수가 있지? 의논도 없이 그렇게 중요한 결정을 내리다니. 넌 단 하나뿐인 내 친구야. 가지 말고 내 곁에 있어 줘. 그러나 그때, 이미 여자는 희에게로 향하는 그 수많았던 창문의 마지막 하나까지도 닫아 건 후였다. 짐을 싸면서 여자는 희의 흰 모자 하나를 허락 없이 챙겼다.

배수구가 붙어 있는 싱크대에서 나비가 울기 시작하더니 좀처럼 그치지 않는다. 벌떡 일어나 싱크대 앞으로 간 여자는 문을 열고 나비를 향해 손짓한다. 당겨 안아주는가 싶던 손길이 갑자기 나비의 다리를 움켜잡는다. 스타킹으로 다리를 칭칭 동여매더니 입에 손수건을 물린 여자는 만족스럽다. 나비는 이제 편안히 잠들 거고 나비의 주인인 여자도 그럴 것이다. 애완용인 나비는 주인이 평화로울 때만 사랑받을 수 있는 거다.

여자는 브로마이드를 보고 있다. 어느 무명 사진작가가 찍었을, 유의해서 보아야 읽히는 하단에 적힌 원제는 이름하여 지중해. 물빛은 데콰이스블루다. 어떤 것도 흡수되지 않을 푸른빛. 그 브로마이드가 천장에 붙게 된 것은 4년 전 희의 집에서 이 집으로 이사를 한 둘째 날이었다.

방을 구하러 다니던 여자가 마지막으로 본 이 방은 햇빛이 들지 않는 지층이었다. 여자는 망설임 없이 이 방을 선택했다. 사방 열 자 남짓한 방 한 칸에 꼭 그만한 공간의 주방과 턱이 높은 화장실을 겸한 욕실이 있었다. 먼저 살던 이가 놓고 간, 낡았지만 제기능을 다하는 세탁기와 순간온수기도 보너스처럼 여겨졌다. 더 이상 싼 방을 구하기도, 그만큼 편의성을 갖춘 방을 구하기도 어려웠다. 다달이 세를 물어야 하는 것이 부담이 됐지만 여자의 가슴에서 까닭 모를 빛 한 줄기가 새어나오고 있었다. 계약을 하면서 주인이 말했다. 먼저 아가씨는 별 불편 없이 여기서 오 년이나 살았수.

1년만, 1년만 이곳에서 견디면 나만의 햇빛을 누릴 수 있을 거야. 누군가의 곁에서 쬐는 자투리 밝음이 아니라 내 힘으로 만든 나만의 별. 어쩌다 어두운 한쪽으로 쏠려서 맥없이 놓아 보낸 시간들. 그러나 이제 충분한 자양분을 공급해 삶의 전의를 경험할 수 있는 빛나는 시간을 만나볼 거야. 세간이라고 할 것도 없는 짐을 부리며 여자는 혼자 되뇌었다. 대충 짐을 정리한 여자는 오랜만에 평화로워진 걸 알았다.

청소를 하고 있을 때 누군가 현관문을 두드렸다. 다소 세찬 소리였다. 문을 열자 뜻밖에도 여자가 제 집을 나설 때도 내다보지 않던 희가 서 있었다. 들어오라는 말을 하기도 전에 안으로 들어선 희는 낯모를 남자와 함께였다. 희와 남자는 여자의 동의도 구하지 않고 들고 온 브로마이드를 천장에 터억 붙였다. 브로마이드는 자로 잰 듯 천장에 꼭 맞았다. 희는 주인처럼 남자에게 지시를 했고, 여자는 마치 손님인 듯 멀뚱히 그것을 바라만 봤다. 두 사람은 새로 내린 커피를 내놓기도 전에 집을 나섰다. 마음에 들지? 네가 그토록 가보고 싶다던 지중해잖아. 집들이 선물로는 근사하지. 네 맘에 들 것 같아 사오긴 했는데 사실 좀 불안했어. 너무 큰 걸 사왔나 하고. 그런데 천장에 붙이게 될 줄이야. 매일 지중해를 보면서 잠드는 거야. 혹 아니? 꿈에라도 다녀오게 될지. 스스로 원하는 일을 했을 때, 타자에게 어떤 결과가 오든 상관없이 상대에게 인정받아야 하는 희다웠다.

희가 동쪽으로 간 건 여자가 이 집으로 이사를 오고 1년 후였다. 희의 어머니는 예전의 집보다도 더, 해 바른 곳에 희를 머물게 하기 위해 동쪽에 집을 지었다고 했다. 햇빛을 누리고 사는 사람들은 해바라기가 끝나기 전에 더 밝은 곳을 찾아내기 마련인 거다.

나비는 잠들었을까? 문득 궁금해진다. 나비가 여자의 일상에 개입하면서부터 여자의 시간이 조금씩 가벼워져 갔다. 품에 안으면 따뜻하게 전해지는 온기, 언제든 손이 닿을 만한 곳에서 잠드는 습성, 배설을 가리는 영리함에 절대로 자랄 거 같지 않은 작은 몸피였다. 무엇을 요구하지도 않으며, 손을 내밀 때만 다가드는 나비가 여자는 나날이 필요해졌다. 그런 나비가 싱크대 하단을 제 잠자리로 삼아야 했던 일은 며칠 전에 일어났다.

그날도 여자는 침대에 누워 나비의 푸른 문신을 쓰다듬고 있었다. 여자의 유두 언저리를 핥는 나비의 흰 수염은 초콜릿 빛이었다. 가슴에 발라진 아이스크림을 따라 나비가 조그맣고 붉은 혀를 날름거릴 때마다 그 미묘한 촉감에 여자의 젖꼭지가 돌기됐다. 무의식중에 힘이 주어진 다리를 무방비하게 벌린 채로 여자의 시선은 천장에 가득히 들어찬 심해(深海), 금방이라도 쏟아질 것 같은 지중해에 꽂혀 있었다. 차츰 거칠어지는 호흡과 함께 여자의 몸은 정점으로 치달았다. 여자는 자신의 몸이 기포처럼 가벼워져 천장의 지중해를 향해 날아오르고 마침내 그 지중해의 푸른 심연으로 가라앉아 가뭇없이 사라질지도 모른다는 생각에 눈을 감는다. 그러나 그 뒤에 온 전혀 예상치 못한, 통증에 여자는 침대에서 상반신을 와락 일으켰다. 여자는 왼쪽 가슴을 싸안는 동시에 나비를 내동댕이쳤다. 나비는 비명을 내지르며 벽면의 거울에 부딪쳐 바닥으로 떨어졌다. 두 개의 송곳니 모양이 깊숙이 패인 여자의 가슴에 피멍이 들었다. 여자는 구급약 상자를 찾아 상처에 조심스럽게 약을 발랐다. 등줄기까지 아픔이 스며들었다. 부딪칠 때의 충격으로 상처를 입었는지 나비의 눈 밑에서는 붉은 선혈이 흘렀다. 그악스럽게 나비를 움켜잡은 여자가 싱크대를 열고 나비를 그 안에 패대기쳤다.

전화벨이 다시 울린다. 나야, 10월의 햇살은 투명하고 지금은 가을볕을 즐기기에 좋은 오후 두 시야. 걷기에 그만인 시간이지. 활개를 죽죽 펴고 거리를 활보하는 사람들. 난 이런 곳이 좋아. 사람들이 많은 곳에 오면 왠지 내가 살아있다는 걸 느낄 수 있어서 안심이 돼. 기억나니? 이맘때의 휴일이면 햇빛을 따라 하염없이 함께 걷던 일을.

여자는 수화기를 잡으려다 주춤한다. 희의 말이 이어진다. 널 보려고 그 먼 곳에서 여기 서쪽까지 왔어. 여행하기에는 몸이 좋지 않은 데도 너를 보려고 왔는데……. 널 보여주려고도, 하물며 목소리조차 들려주려고 하지 않는구나. 넌 분명히 변했어.

희가 저편에서 수화기를 달가닥 놓는다. 한동안 수화기를 바라보던 여자가 책상 위에서 스케치북을 찾아 거기에 연필로 써 내려간다.

넌 흰 모자를 쓰고 왔겠지. 푸른빛 치맛자락을 해풍에 멋스럽게 날리며. 너를 바라보는 눈길들을 짐짓 모른 체하며. 그래, 너는 언제나 사람들의 눈길을 받는 것에 익숙해 있어. 여자는 리플레이 시킨 응답기에서 흘러나오는 희의 말들도 적어본다. 넌 변했어. 그렇게 적다가 여자는 고개를 가로젓는다. 아니, 변하지 않았어. 아니, 어쩌면 변했는지도 모르지. 변하지 않는 것이 어디 있겠어. 변하지 않는 네가 더 이상한 거지. 그렇게 가변적인 게 인간인 거지. 어제 원했던 욕망이 흔적도 없이 사라지거나 나라고 믿었던 모습이 조금씩 사라지고 내일 다시 새로운 욕망과 새로운 내 모습과 만나지는 거. 그러니 모두가 조금씩, 날마다 변화하고 있는 거 그게 바로 세상의 바로미터야. 흔적도 없이 어제의 내가 사라지거나 조금씩 제 모습을 잃어가고, 새로운 모습과 만나지는 거. 그러나 나. 여기까지 쓰고 여자는 숨을 한 번 고른다. 그리고 나라는 입 모양을 만들어본다. 나. 변하지 못했어. 기울기에 지쳐서 수평을 잡아보려고, 밝음과 어두움의 균형을 잡아보려고 애썼지. 하지만 햇빛을 즐기는 사람은 태어날 때부터 신의 축복을 받는 것인지에 대해서 골똘히 생각하는 시간이 늘어났을 뿐. 여전히 사람들과 섞여 있는 것보다는 혼자임이 익숙하고 아직도 문자 중독증인 것처럼 손에서 책을 놓지 못하는……. 네가 그곳 동쪽으로 떠난지 여러 해가 지났음에도 여전히 이 지층에 몸을 낮추고 있는 나. 네가 환한 웃음소리를 들려주기만 해도 달려갔던 내가, 울울한 숨을 내쉬기만 해도 달려갔던 내가 이제 그렇게 하지 않는다고 넌 내가 변했다고 말하는구나. 날 보지도, 듣지도 않고. 그저 먼발치에 서서 함부로 변했다고 말하는구나. 넌 여전해. 너와 상관된 일들에는 민감하게 반응하고 대처하지만 나를 위해서는 움직이지 않고 바라만 보는 거. 내가 기다리는 걸 알면서도. 여기까지 썼을 때 쓰고 있던 연필이 부러진다. 여자는 스케치북을 내려놓는다.

현관문을 두드린 것은 퀵서비스였다. 배달된 상자의 뚜껑을 열며 여자의 눈이 가늘어진다. 여자는 내용물을 꺼내어 침대 위에 펼친다. 시폰 소재의 푸른 원피스와 흰 모자다. 여자는 좀 멀리 서서 그것들을 바라본다. 눈이 부시다.

전화벨이 울린다. 나야. 희, 지금 기차를 타려고 해. 다음에는 널 볼 수 있을까? 널 부르면 그 옷을 입고 달려와 줄 수 있는지. 또는 내가 사는 동쪽으로 기차를 타고 와줄 수 있는지. 지금 기차를 타야 하는데 왜 그게 이토록이나 궁금해지는 걸까? 자동저장기가 멈추며 희의 말도 멈춘다.

약병의 뚜껑을 열어 들이마시듯 단번에 약을 털어 넣은 여자는 침대에 반듯이, 아주 가지런히 눕는다. 전화가 끊긴 방 안은 일순, 시침이 멈춘 것처럼 고요하다. 정적 속에 여자의 눈길은 지중해를 향해 곧게 뻗어 있다.

어느 순간, 천장에서 물이 떨어지는가 싶더니 여자의 몸에 물방울이 뚝뚝 듣는다. 그리고 이내 검푸른 물줄기가 폭포수처럼 여자를 향해 쏟아져 내린다. 방 안 가득 차오른, 그렇게나 가보기를 꿈꾸었던 지중해에 여자가 떠오르고, 푸른 원피스가 떠오르고, 흰 모자가 떠오른다. 그것들은 방 안의 사면에 부딪혀 가고 이윽고 여자의 모든 것들이 물속에 담긴다. 여자는 걷잡을 수 없이 밀려오는 졸음에 눈을 감는다. 몸을 감싸 안은 물이 마치 아버지의 품인 양 따듯하다. 채 꺼지지 않았던 모니터 화면 속의 푸른 나비도 전원이 꺼지며 사라진다.

어디선가 여자가 채 듣지 못한 스베틀라나의 '나 홀로 길을 가네'의 남은 구절이 흐른다.

하지만 묘지의 차가운 잠이 아니라
생명의 힘이 가슴속에서 잠시 잠자는,
가슴이 조용히 호흡하는 영원한 잠을 자고 싶다.
그리하여 감미로운 목소리가 내 귀를 즐겁게
밤낮으로 사랑을 노래했으면 싶다.
짙은 상록의 떡갈나무가 허리 굽혀 내 위에서 소리 냈으면 싶다.

차양이 넓은 흰 모자를 쓴 여자가 역시 눈처럼 새하얀 나비를 가슴에 안고 걸어간다. 여자는 잠시 발길을 멈추더니 고양이의 입에 물렸던 검정 손수건을 풀어낸다. 고양이가 참았던 소리를 거칠게 토해낸다. 뒤이어 다리에 동여맸던 검정 스타킹도 풀어낸다. 어디서 날아왔을까. 지중해성 기후에만 서식하는, 푸른 나비가 여자의 눈높이에서 하늘거린다. 여자가 생각난 듯 고양이의 등에 자리 잡았던 문신을 찾아보지만 문신은 어디에도 보이지 않는다. 여자는 허공으로 솟구쳐 올라가는 나비를 먼 시선이 될 때까지 좇는다. 때마침 불어온 바람에 시폰 치맛자락이 흩날린다.

여자는 지금 수의사에게 가는 길이다. 고양이의 찢어진 눈밑 상처는 치료받게 될 거다.

지중해를 다녀오니 우리 고양이가 이런 몰골이 되어 있네요. 잘 치료해서 흰털을 되살려주세요. 희가 긴 여행에서 돌아오면 그랬듯 여자는 수의사에게 해야 할 말을 입 밖으로 내어본다. 목소리는 듣기에 좋은 하이톤이다. 푸른 치마를 입은 여자의 아름다움에 눈이 부신 듯 사람들의 시선이 멈춘다.

여자가 걷는다. 활기차고 경쾌한 걸음걸이다. 여자의 걸음을 따라 흰 모자도 함께 간다. 10월의 오후 두 시. 햇빛을 따라 동쪽으로 걷기에는 더할 수 없이 좋은 시간이다.

데자뷔

누군가 정해준 길을 애써 외면해 돌고 돌아왔지만

다시 그 길 앞에 선 남자

• • •

유럽 패키지여행으로 묶인 일행 중 여섯 명이 혼자 온 이들이었다. 중년의 아주머니 두 사람 외에 나를 포함한 남자 셋, 그리고 얼핏 보아서는 나이를 가늠키 어려운 흰옷을 입은 여자가 있었다. 일정 첫날 밤, 낯을 익힌 여섯 명은 술집을 가기 위해 호텔을 나섰다. 몇 블록쯤 지나서야 겨우 발견한 술집 문을 들어섰을 때 일행은 잠시 머뭇거렸다. 허름한 내부였다. 눈길을 잡아끌 만한 것이라곤 고작 바닥의 붉은 카펫 정도였으며 오붓한 분위기는 더욱 아니었다. 마뜩잖은 표정으로 자리를 잡은 일행은 시끄러운 음악 속에서 서로에게 말을 건네느라 목청을 돋우며 빠른 속도로 술병을 비워 갔다.

금발의 남자가 구석에 앉아 있던 흰옷을 입은 여자에게 다가가 손을 내민 것은 그때였다. 일행의 의아한 눈길을 의식하지 않는 듯 별 망설임 없이 일어난 여자는 중앙에 마련된 플로어로 거침없이 나갔다. 그리고 한 스테이지도 멈추지 않고 격렬하게 몸을 흔들어댔다. 여자의 폭넓은 흰 스커트가 사이키 조명 아래에서 마치 침몰 직전에 놓인 배의 찢긴 돛처럼 휘돌았다. 그녀를 보고 있는 내게 왜 그렇게 느껴졌을까? 여자의 몸짓은 춤이라기보다는 무엇인가를 털어내려는 허망한 몸짓처럼 보였다.

이윽고 취기가 거나해진 일행이 일어섰을 때도 여자는 따라 나서지 않았다. 보다 못한 아주머니가 여자의 손을 이끌고 나오자 누군가 그녀를 향해 일갈했다. 참 세상 말세여, 말세. 해외여행 와서 서양 남자 껴안고 돌아가지를 않나. 일행은 지쳐갔다. 여행지라는 들뜸도 잠시였고 테임즈 강변에서 밀려드는 안개를 헤치며 걷는 길은 순조롭지 않았다. 이따금 만나는 가등 아래 모습을 드러내는 여자가 흰색 스커트 자락을 끌며 불안하게 내 앞을 걸어갔다. 호텔을 나설 때 길을 유심히 살펴두었음에도 낯선 길은 계속되었고 나는 문득 아득해져 왔다. 그러고도 한참을 걸었을까. 안개 속에서 만난 사람은 영국 남자였다. 도베르만을 데리고 있던 남자가 기꺼이 길잡이를 자청한 덕에 숙소에 도착할 수 있었다.

서울로 전화를 걸기 위해 되돌아 나오다 어둑신한 복도에서 물체를 발견하고 나는 흠칫 멈춰 섰다. 흰옷의 여자였다. 여자는 무릎을 접고 방문에 몸을 기댄 채였다. 여자가 내게 말했다. 가방 좀 열어주시겠어요? 열쇠를 잃어버렸어요. 잠깐 머뭇대다가 나는 여자의 뒤를 따라 방으로 들어섰다. 여행용 가방의 잠금쇠는 손아귀에 힘을 주자 맥없이 떨어져나갔다. 가방을 열었을 때 나는 잠시 아연해졌다. 옷가지 위를 덮고 있는 것은 서른 개는 족히 넘어 보일 맥주캔들이었다. 여자는 내게 하나를 건네주고 또 하나의 맥주 마개를 땄다.

"우리 어디서 만난 적 있습니까?"

여자를 처음 보았을 때부터 내내 내 속에서 쳐들던 의문을 불쑥 내뱉고 말았다.

"……아니오."

느닷없는 내 물음에 대답하던 여자의 왼쪽 눈썹이 갈매기 날개처럼 꿈틀 치켜 올라갔다.

그런 버릇을 갖고 있던 여자를 안 적이 있다. 친밀하다라는 말과 동의어로 생각되던 대학 시절의 오래전, 그러나 아직도 간간이 떠오르는 여자.

그녀가 한 모금의 맥주를 넘길 때마다 나는 비어버린 캔을 만지작거렸다. 이미 전작이 있었던 터라 올라오는 술기운으로 온몸이 녹신거려왔다. 여자도 나처럼 싱글 룸을 예약했는지 룸메이트는 보이지 않았다. 함께 있으면 어깨를 내어 줄 것 같은 예감에 나는 계속 술을 마시는 여자를 버려

두고 홧홧하게 달아오른 얼굴을 감싸 쥐고 돌아섰다.

모닝콜 소리에 잠이 깬 나는 식당으로 내려왔다. 식탁에 세팅된 갓 구워낸 마늘빵을 집었을 때였다. 저 아가씨는 아침부터 술이람. 어제 비행기 안에서도 기내식엔 손도 안 대고 술만 마시고 있더라구요. 같은 테이블에 앉아 있던 아주머니의 시선이 여자를 향하고 있었다. 식사를 마친 나는 담배를 피우러 호텔 밖으로 나왔다. 지독한 안개 속에서 어렴풋이 호수가 시야에 들어왔다. 언제 나왔는지 내 곁으로 다가온 여자는 검은옷 차림이었다. 곁으로 다가온 그녀는 내게 말을 건넨다기보다는 혼잣말처럼 중얼거리며 호수를 바라보았다.

"안개 말이에요. 이 나라는 어디를 가도 안개 속에 있으니 편안해지네요. 남들에게 내가 어떻게 보여지는가를 의식하지 않아도 될 만큼 적당히 감춰지고, 타인의 모습들도 그저 시야가 허락하는 만큼만 이해하면 될 거 같은 그런 안도감이 느껴져요."

11월의 아침 여섯 시는 어두웠고 큰길의 자동차들은 헤드라이트를 켜고도 안개 속을 느럭느럭 지나쳐 갔다. 나는 여자의 얼굴을 찬찬히 훑어보았다. 아무렇게나 쓸어 넘긴 긴

퍼머 머리에 술에 취한 듯 풀려 있는 눈망울이었음에도 선이 고운 얼굴이었다. 이 나라를 들를 때마다 내가 느끼는 것은 안개에 휩싸인 군락들이 섬처럼 보인다는 거다. 섬들이 모여 있는 듯한 풍취를 더듬는 상념의 끝에 이르면 고립이거나 외로움이란 말과 만나졌다. 그런데 이 여자는 안개 속에서 편안함을 느낀다고 했다. 감추어야 편안할 만큼 상흔이 있는 걸까.

타워브리지를 지난 버스는 웨스트민스터사원에 일행을 내려놓고 자유시간을 20분간 주었다. 나는 익숙한 사원의 통로를 걸어 대성전 옆문에 다다랐다. 출입문을 여니 마침 미사 시간이었다. 문지기 역할을 하고 있을 보좌신부들의 모습도 보이지 않았기에 슬그머니 사원 안으로 발을 들이밀고 재빠르게 의자에 앉았다. 성전 안에 눈이 익어 갈 무렵 사람들 사이에서 나는 여자를 발견했다. 희끄므레함 속에서도 여자의 얼굴은 가부키 화장을 한 배우의 그것처럼 눈에 띄었다. 무릎을 꿇고 제대를 응시한 여자의 눈길은 너무나도 강렬해서 금세라도 활활 타오를 것만 같았다.

가이드가 지정해준 시간보다도 여자는 10분여를 넘겨 나타났다. 미사를 끝까지 마치고 온 거다. 협조 좀 해주십시오. 가이드의 된소리와 일행의 눈총을 받으며 그녀는 버스에 올랐다. 가이드는 다음 장소로 이동하면서 여행을 하게 된 이유와 자기를 간략하게 소개하는 순서를 마련했다. 나는 매년 두 차례씩 영국 런던, 이탈리아 밀라노, 프랑스 파리 등으로 블라우스 스케치 출장을 해야만 했다. 유럽 4개국을 도는 데 드는 비용이 훨씬 저렴하다는 게 내가 패키지를 선택하는 이유였다.

각자의 소개를 끝내고 마지막으로 여자가 지명됐을 때도 여자는 퀭한 눈빛으로 맥주캔을 든 채였다. 가이드가 재차 부르자 그녀는 마지못해 자리에서 일어섰다. 굳이 일어서 앞으로 나갈 것까진 없었는데도 걷는 여자의 몸은 흔들리는 차체를 따라 균형을 잃었다. 불안정한 걸음이 마침내 사람들 앞에 멈춰 서기까지 지루한 수분이 지나갔다. 호기심에 찬 눈길이 그녀를 향하고 차내는 정적이었다. 종잇장처럼 질려 있던 여자는 눈을 내리깔고 한참을 말이 없다. 보다 못한 가이드의 재촉을 받고서야 여자는 내지르듯 '김서연'입니다. 한마디를 내뱉곤 곧장 자신의 자리로 향했다. 나는 땀이 배어 나온 이마를 손등으로 닦아냈다. 여자의 이름은 서연이였다.

영국 일정을 마치고 일행이 이탈리아의 레오나르도다빈치공항에 도착했을 때는 이미 오후였다. 항공사의 착오로 일행의 짐이 다른 곳으로 운송된 탓에 다소 혼란이 있었다.

나와 있어야 할 현지 가이드까지 보이지 않아 일정은 더욱 늦어졌다. 관광을 해야 할 바티칸시티는 다섯 시가 넘어 문을 닫았고 짐은 저녁에야 호텔로 운송된다고 했다. 의외로 사람들은 말이 없다. 가이드가 성미 급한 사람들을 따로 불러 다독인 모양이었다. 짐은 호텔에 와 있지 않았다. 방 배정을 받고 나서야 비로소 사람들의 불만이 불거졌지만 가이드는 자리를 뜬 후였다.

방으로 올라가려다 나는 로비의 의자에 파묻힌 여자를 보았다. 다리를 세워 안고 고개를 깊이 숙인 여자의 자세. 타인의 손길을 거부할 듯 완강해 보이면서도 한편 얼싸안아 줄 따뜻한 손길을 기대하고 있는 것처럼 느껴지기도 하는 모습. 한참을 움직임 없이 앉아 있는 그녀. 알지 못할 이끌림으로 그녀의 등에 손을 올려놓으려던 나는 주춤했다. 여자가 고개를 든 것이었다.

"짐 때문에 안 올라가십니까? 가이드 말이 늦게라도 이곳으로 짐이 오도록 조치를 취해놨답니다. 올라가서 쉬세요."

"슈트케이스요? 못 찾으면 어쩌겠어요. 할 수 없는 거지. 직업과 취향 때문에 선택됐던 옷가지며 소품을 몽땅 잃어버리니 일상으로 돌아갈 의무도 없어진 거 같아 오히려 홀가분하네요."

시니컬하게 말하는 여자의 눈망울에 핏발이 성겨 있다.

"혹시 동생이나 언니 있습니까?"

"……아뇨. 갑자기 그건 왜 물어보세요?"

"전에 꼭 만났던 사람 같아서요."

언젠가 만났던 느낌이 드는 친숙한 사람. 꼭 한번 지나쳐 갔던 것 같은 길목. 시간을 통과해 가면서 예전, 꼭 같은 상황에 직면해서 똑같은 말을 했던 거 같은 섬뜩하던 기억들과도 같은 걸까. 언뜻 큰 숨을 내쉬게 되는, 불현 알 수 없는 저 너머에 머물러 있는 듯 아득했던 그런 경우.

다음 날 예정된 코스를 따라 도는 사람들과 헤어져 나는 밀라노로 향했다. 일행은 성베드로 성당과 카타콤, 콜로세움 경기장과 미켈란젤로의 언덕을 볼 것이다. 나는 가이드가 할 말을 생각하고 웃었다. 이곳은 신곡을 쓴 단테의 생가입니다. 단테는 참사관이었던 당시 정쟁에 휘말려 피렌체로부터 추방을 명령받았으나 불복, 출두하지 않아 영구 추방을 당했고 그로부터 그가 죽을 때까지 피렌체를 그리워하며 18년간의 망명생활을 해야만 했습니다. 특별히 여러분들을 위해……. 투어 팀과 헤어질 무렵이면 가이드는 적지 않은 사례를 챙길 수 있을 것이다. 관광 성수기에는 한 달에도 수십 번은 했을 멘트들.

시외버스를 타고 밀라노에 도착한 나는 숍을 돌며 블라우스의 깃과 소매와 단추를 스케치했다. 올겨울은 브라운과 카키, 레드 계열이 대부분이었고 새봄의 컬러는 아이보리와 그린 계열이 주류였다. 디자인은 여전히 복고풍이었다.

전년도와 같은 유행이 지속되는 것은 의류시장의 경기침체로 인한 재고 물량과 무관하지 않았다. 피에르 가르뎅이나 샤넬, 크리스찬 디올 등의 디자이너들에게 업계에서 주문을 하는 거다. 사실 유럽의 패션계는 내로라하는 몇몇의 수석 디자이너들의 스케치에 의해 유행이 이끌어진다고 해도 과언이 아니었다. 메인 브랜드도 적체된 재고로 경영이 마이너스로 이어지면 그 돌파구로 이월상품을 신상품인 양 제작, 라벨만 바꿔 다는 건 이 바닥에선 공공연한 일이다. 재고가 적잖았던 우리 회사로서도 다행스런 일이었다. 블라우스 내수로 시작했던 나는 어느 정도의 이력과 자신감으로 해외시장으로 눈길을 돌려 판로를 꾸준히 늘려왔다. 바이어들이 주문한 디자인과 원단으로 재봉을 끝내서 유럽으로 보내면 그쪽에서 자회사 브랜드를 다는 식의 계약이었다.

일행들이 동전을 던지고 기념촬영을 하느라 부산한 트레비 분수의 한구석에서 나는 여자를 발견했다. 여자는 분수의 한 귀퉁이에 쪼그리고 앉아 동전을 던지고 있었다. 가까이 다가간 나는 적잖게 놀랐다. 여자의 얼굴은 온통 검게 흘러내린 마스카라로 뒤범벅이었고 철철 흘러내리는 눈물은 진정될 기미가 보이지 않았다. 동전 세 개를 계속해서 던지는 여자의 몸짓은 자신의 의지로는 그 동작을 멈출 수 없는 무의식이 느껴졌다. 여자의 돌연한 슬픔에 곤혹스러워진 나는 말을 건네볼 용기조차 나질 않아 그녀를 일으켜 겨우 손수건을 내밀었을 뿐이다. 울음이 잦아들면서 여자가 입을 뗐다.

이 흑빛 시간을 통과해 나가면 언제나처럼의 평온했던 일상이 나를 기다리고 있을까요? 모든 것을 제자리로 돌려놓을 수 있는 그런 시간은 언제 다시 만나지는 걸까요?

치밀어 오르는 울음의 틈새로 비집고 나오는 여자의 말들이 내 늑골 사이사이로 박혀왔다. 도대체 여자의 말이 왜 내게 아프게 들리는지 까닭도 모른 채 나는 어느새 슬퍼졌다. 여자의 눈은 나를 보고 있지만 아무것도 보지 못하는 허물어진 동공이었다.

늦은 밤까지 내 방에서 마련된 술자리에 모였던 사람들이 하나둘 빠져나간 후에도 나는 중년의 아주머니에게 붙들려 있었다. 아들을 야단치려다 오히려 폭행을 당해 후유증으로 여행을 왔다는 아주머니의 반복되는 이야기를 듣고 있으려니 인내심이 필요해졌다. 디자인북을 여러 장 넘길 만큼 다리품을 판 하루였다. 뜨거운 샤워 후 자리에 눕고 싶은 생각이 간절해졌다. 내가 선하품을 서너 번 하고서야 아주머니가 자리에서 일어섰다. 그새 소파에 모로 누워 잠이 들었던 여자의 고단한 얼굴을 본 순간 왜였을까? 내 마음 한 켠이 서늘해져 왔다. 낮에 있었던 여자의 행동에 되물음하고 싶었던 게 머릿속을 떠돌았다. 분명 내가 그녀의 눈물을 보며 낮에 잠시 느꼈던 건 아픈 감정이었다. 그러나 나는 애써 타자의 슬픔일 뿐이라고, 그러니 함부로 위로의 말을 건네는 건 너답지 않다고 주춤거리며 물러났다.

아침 식탁의 화제는 밤사이에 도착한 짐이었다. 나는 식사를 마친 일행들과 마당에서 커피를 마시고 있던 중이었다. 키 큰 나무 저편으로 하늘가가 희붐하게 밝아왔다. 식사 시간에도 얼굴을 보이지 않은 여자의 방 쪽을 쳐다보던 나는 마시던 커피잔을 떨어뜨리고 반사적으로 창문 쪽으로 달려갔다. 이곳 로마에 많은 좀도둑이 분명했다. 반쯤 올라간 창문에 붙어 서 있던 그놈은 나와 눈이 마주치자 냅다 도망쳤다. 무언가를 움켜잡은 채였다. 얼마쯤 달리다가 나는 녀석의 뒤를 좇는 것을 그만두었다. 도저히 따라잡을 수 없을 만큼 멀어져 있었던 것이다. 되돌아오니 사람들이 수런거리고 있었다. 나는 가쁜숨을 고르며 여자의 방문을 두드렸다. 여자는 그다지 놀란 표정도 아니었다.

"로마는 관광객을 상대로 한 도둑이 극성입니다. 그 녀석 물건을 들고 있었는데 잃어버린 거 없어요?"

"카메라를 가져갔어요."

"1층은 창문을 열어 놓으면 표적이 되기 쉽죠. 다른 건 괜찮은 거죠?"

"네, 그냥 놔두실 걸 그랬어요. 어차피 잡지도 못할 거였는데. 내 것이 아니었나 보죠. 잃게 될 것들은 언제고 잃게 되더라구요."

고맙다고 하는 대신 참견 말라는 투로 말하는 여자를 보며 나는 잠시 그 자리에 서 있었다. 어제 열어 보였던 상처에는 밤새 보호막이 내려앉은 걸까. 아직도 거친 호흡을 고르며 방으로 돌아왔다.

일정이 끝날 때까지 어쩔 수 없이 내 신경은 그녀에게 예민하게 반응하게 될 거였다. 젠장, 나는 어느 틈엔지 담배를 꺼내 물고 필터를 질근거리고 있었다.

이탈리아 일정을 끝내고 스위스 몽블랑으로 가는 버스 안이었다. 사람들이 대부분 잠들어 있어 조용하던 정적을 깨고 다소 격앙된 목소리가 들려왔다.

"아가씨! 보자 보자 하니까 너무하네요. 아가씨 알코올 중독이에요.? 생수병에 소주를 넣어 가지고 다니면서 마시질 않나. 그저 노상 술병을 들고 있으니……. 어르신네들, 아이들 보기 영 부끄럽네. 제발 차 안에서라도 삼가줘요."

그 말을 듣다 보니 여자에게 하는 말이었다. 그럼에도 그녀는 못 들은 척하며 술을 마셨다.

"이봐요! 내 말이 말 같지 않아요?"

적의에 찬 아주머니 목소리에 잠이 깬 사람들이 고개를 돌려 뒷좌석을 돌아보았다. 늘 술을 마시는 것에 대해 마땅치 않게 여기던 여자를 향한 곱지 않은 눈길들과 가시 돋친 말들이 허공에서 팽팽하게 얽혀 들었다. 대꾸 한 마디 없던 여자가 일어서 들고 있던 술병을 통로로 홱 집어던진 건 순식간이었다.

"술을 마시든 물을 마시든 무슨 상관이에요. 교육 좋아하네. 그래요. 우리 어머니도 교육하길 좋아하셨지. 그런데 지금 와서 그게 무슨 소용이냐구요. 교육보다도 그 옆에 오래 함께 있어주는 엄마가 아이들에겐 더 필요한 거예요. 남의 자식 참견 말고 사랑하는 당신 딸 옆에 오래 있어 주기나 하라구요!"

여자의 마지막 말은 거의 울부짖음에 가까웠다. 그녀의 돌발적인 행동에 누구도 입을 열지 않았으며 소주를 뒤집어 쓴 차 안은 무겁게 가라앉아 갔다. 그녀에게 달려간 가이드가 질펀해진 바닥을 닦아냈고, 여자를 달래던 가이드의 눈시울이 젖어 있는 걸 나는 얼핏 보았다.

일행이 몽블랑에 도착하자 그곳의 현지가이드가 버스에 올라 스위스에 관한 소개를 했다. 해발 2,020미터까지 마을을 형성하고 있고, 몽블랑은 프랑스 쪽에 가까운……. 골 깊은 산자락이며 목가적인 분위기의 붉은 삼각 지붕들. 패키지 중 몽블랑의 해발 4,000미터까지의 초고속 엘리베이터는 내가 놓치지 않고 즐기는 것이었다. 일행이 오르자 엘리베이터가 상승하기 시작했다. 순간, 강한 어떤 것에 몸뚱이가 잡아채 올라가는 듯한 아찔함에 나는 눈을 감았다. 정상에 도착해서 엘리베이터의 문이 열리자 강풍이 몰아쳐 왔다. 살을 에는 바람에 복잡다단했던 머릿속이 일시에 명료해졌다. 제대로 서 있기조차 어려운 매서운 바람이었다. 여자는 어디 있을까? 애써 여자의 모습을 찾던 내 시야에 얼핏 흰 것이 당겨져 왔다. 그것은 바람에 마구 휘불리는 여자의 치맛자락이었다. 그녀의 모습을 본 순간 나는 가파르고 옹색한 길을 다급하게 걸어 여자에게 다가갔다. 그리고 여자의 손목을 단단히 쥐고 아래로 내려왔다. 돌연한 내 행동 뒤에 의아한 눈길들이 따라붙고 있는 걸 나 또한 모르지 않았지만 그녀를 혼자 둘 순 없었다.

점심식사 후 기념품 가게에 들어갔다가 나는 여자와 마주쳤다. 여자는 여러 개의 크고 작은 종들을 골라 들고 있었다.

“종을 사시려구요?”

“……네. 마을에 좋은 일이 있을 때 종을 쳐서 사람들에게 알렸다 해서요. 혹시 한 번만이라도 종을 치고 싶은 날이 올 수 있을까 하구요.”

찬 공기 탓이었을까? 여자의 눈빛은 모처럼 맑았다.

중간에 들른 시계공장에서 나는 어머니에게 드릴 시계를 샀다. 제네바로 이동한 일행은 마지막 여행지인 프랑스로 갈 테제베에 올랐다. 테제베는 어둠 속을 거침없이 내달았다. 차창에 비친 여자의 표정은 석고상처럼 굳어 있다. 어디서 보았던 걸까? 여자를 보고 있을수록 느껴지는 익숙함이 목에 걸린 가시처럼 불편해졌다. 미동도 없이 앉아 있던 여자가 배낭에서 캔맥주를 꺼냈다.

“혼자 마셔야겠네요. 이게 마지막이에요. 아까 시계를 사시는 것 같았는데요.”

나는 여자가 묻는 의도가 무엇인지를 짐작해보았다.

“어머니 드리려구요. 미혼입니다. 뭐 굳이 결혼을 해야 하는 건 아니죠.”

"그렇군요. 혹시 예물로 왜 시계를 주고받는지 아세요? 시간 교환의 숨은 뜻이 있대요. 네 시간을 내게 달라는 뜻의……."

"듣고 보니 그럴듯한데 그게 가능한 일이겠어요? 내가 다른 사람의 시간을 쓸 수 있다는 건 좋은 일이죠. 역으로 생각하면 내 시간을 상대에게 주고 싶다는 뜻도 되니 그만큼 신뢰가 간다는 말이지만 남의 시간까지 엉망을 만들어 버린다면요 잘못된 소비 아닙니까?"

"시간의 소비. 충분히 그렇게 생각할 수 있겠네요. 그 뜻을 곱씹어볼수록 누구에게 선뜻 시계를 받는 게 두려울 거 같긴 하네요. 내게 남아 있는 시간조차도 제대로 쓸 수 있을지 자신이 없거든요."

그건 나도 깊이 공감하는 부분이었다. 대학 시절 그녀를 보낸 후 어머니의 성화에 못이겨서라도 나는 진작 결혼을 했어야 했다. 하지만 결혼이 사람들을 얼마나 그물망처럼 촘촘하게 엮어 돌아가게 하는 일상사인지를 선후배들로부터 익히 보고 들어왔던 터였다. 거실에 걸어놓을 한 장의 전시용 가족사진 정도로 여길 만큼 나는 언제부터인가 결혼이란 제도에 냉소를 보내고 있었다. 사랑해서 했다는 결혼일수록 점차 시간이 흘러가면서 서로를 구속하는 데 급급해 결국 상처를 주고받게 되지 않는가 말이다.

여자들을 만나서 서로를 속속들이 꿰게 되고 상대가 결혼을 원하는 기미가 보이면 나는 배수진을 쳤다. 사업이 어느 정도 궤도에 오르면 그때 하자. 당신을 누리게 해주고 싶어. 1년만 기다려줘. 1년은 길었을 것이다. 그녀들에게 1년은 결코 다가오지 않을 시한이었기에. 내 말에 속아주다가도 좀 눈치가 있는 여자들은 적당한 지점에서 등을 돌릴 줄 알았다. 그저 즐기다가 돌아서버리면 되는 걸 굳이 아픔이라고 여기지도 않았고 손만 뻗으면 달콤한 말이나 선물 나부랭이에 시간을 같이 보내줄 여자는 주변에 얼마든지 있었다.

그런데 내가 여자를 바라보며 느끼는 불안함의 정체는 예고되지 않은 무단침입 때문이었을까. 늘 슬퍼 보이는 눈빛, 내밀한 곳에서 울려 나오는 듯한 여자의 목소리를 듣고 있으려면 속수무책으로 명치끝이 조여왔다. 이 여자는 누구인가. 함부로 문을 열고 성큼성큼 나를 향해 다가드는 이 틈입자는…….

"저도 산 것이 있는데 보여드릴까요?"

여자는 배낭 안에서 스카프를 꺼내 무릎 위에 펼쳐 놓았다.

"무엇이 연상되세요?"

여자의 긴 손가락 위에 야수의 발이 겹쳐진 그림이 프린트된 스카프였다. 빨간 손톱과 야수의 날카로운 발톱이 묘한 대조를 이루고 있었다.

"이 스카프를 처음 보았을 때 날 부르고 있는 거 같더라구요."

여자는 넘어갈 듯 웃더니 또 한 장의 스카프를 꺼내 내 무릎을 덮었다. 똑같은 색상과 디자인이었다. 나는 그 웃음소리에 쫓기듯 자리에서 일어나 열차 안의 스낵바로 갔다. 여자의 웃음소리는 사람을 아뜩하게 했다. 웃음소리는 분명한데 휑하게 빈 울림. 커피를 들고 자리로 돌아오다 보니 기차 안의 사람들은 대부분 잠들어 있었다.

"커피 마셔요. 스카프를 왜 두 장이나 샀어요?"

잔을 받아들던 여자의 손끝에서 확연한 흔들림이 전해져 왔다.

"줄 사람이 있어요. 아니 그게 아니고 마음에 드는 게 있으면 꼭 두 개를 사곤 해요. 물건을 잘 잃어버리거든요. 마음에 드신다면 드릴까요?"

그녀의 말이 나를 다시 간단없이 흔들었다. 아니, 그것은 막연한 잔상이나 흐릿한 기억의 파편이 아니었다. 보다 선명한 기억이, 무엇이든 두 개를 사야 한다던 여자가 오래전 내 시간 속에서 일어섰다. 대학 시절, 내게 머물렀던 여자였다. 그녀는 복학생의 가난한 주머니 형편을 잘 알았음에도 무엇이든 두 개를 사주어야 기뻐했다. 원하기만 하면 늘 다시 만날 수 있을 거라고 여겨졌던 그 여자는 친구들의 말에 의하면 내게 버려진 여자였다.

"이 프린트에선 건강함 같은 것이 느껴집니다. 활력이 있어 보여요."

"활력요? 그렇게도 볼 수 있겠네요. 감각이 있으시군요."

"뭘 연상하셨는데요?"

"그걸 지금 알려드릴 수는 없죠. 궁금하시면 제 방에서 한잔하시든지요. 술친구라면 언제든 오케이입니다."

여자는 예의 넘어갈 듯한 웃음으로 다시 기차 안을 흔들어놓았다. 테제베는 리옹역에 일행을 내려놓았다. 호텔에서 저녁식사를 하자마자 나는 잠자리에 들었다. 일정을 이틀 정도 남겨 놓으면 주체할 수 없을 정도로 피로가 몰려오곤 했다.

다음 날, 파리 시내에 있는 거래처에 들렀다가 나는 된서리를 맞았다. 접대문화가 없는 이 나라에서 영업 담당이 저녁을 사겠다고 했을 때부터 무엇인지 석연치 않았다. 말문을 연 담당자의 이야기는 당분간 거래를 중단하겠다는 것이었다. 새로운 파트너가 P국이라는 말에 나는 자리를 털고 일어섰다. 우리나라의 인건비로는 거래처에서 요구하는 단가를 도저히 맞출 대안이 없었다. 저임금을 노려 제3국에 발빠르게 터를 잡은 동종업계들도 이미 상당수였다. 흐름을 파악하고는 있었지만 이렇게 빨리 현실로 다가올 줄은 예상하지 못했다. 피상적으로만 세웠던 계획을 서둘러 구체화시켜야겠다는 생각을 하면서 나는 부슬부슬 어깨를 적시는 비를 피할 생각도 못하고 호텔로 돌아왔다.

여행 일정의 마지막 밤이니 외출을 하자는 사람들의 청을 거절할 수가 없었던 나는 지리에 익숙하다는 이유로 어느덧 인솔자가 되었다. 시내로 나가는 지하철 2층에 오른 여자의 목덜미에 어제 보았던 야수의 발톱이 사나워 보였다. 시내에 내리니 가랑가랑 내리던 비가 제법 빗발이 굵어졌다. 여자에게 우산을 내준 채 샹젤리제 거리를 걸었다. 이제 겨울의 초입이다. 나목이 되어 가는 나무들을 지켜보며 젖은 낙엽을 밟는 이들의 걸음은 내일이면 떠날 이 도시에 대한 아쉬움 때문인지 더욱 느릿해졌다. 여자가 우산을 들이밀었다.

"친구가 이곳에 산다면서요. 여기서 얼마나 머물다 갈 생각입니까?"

여자가 항공티켓을 오픈으로 교환하기를 원한다는 말을 가이드에게 들었던 거다. 여자는 잠시 해야 할 말을 생각하는 눈치였다.

"탑승권이 유효한 기한까지, 아니, 더 오래 머물다 가고 싶어요. 이곳에서 나를 모르던 사람들과 어울려서 그저 아무렇게나 지낸들 남아 있는 내 인생이 뭐 그렇게 달라지겠어요. 이곳은 자유로움이 느껴지고 무엇보다 내가 누구인지를 잊게 해줘요. 프로방스를 돌아보고 루브르, 오르세 미술관만 순례해도 석 달쯤은 쉬이 지날 것 같고……. 저는 이상하게 시각이 발달된 것 같아요. 눈으로 한번 본 것은 쉽게 잊지를 못하니. 그냥 돌아간다면 이렇게 마음에 들어와 앉은 이곳이 제 눈에 밟히겠죠?"

핵심을 비껴가고 눈길이 어긋나던 여자가 자분자분 제 이야기를 했다. 나는 담배를 꺼내 물고 불을 붙였다.

"사람들은 일탈에 대한 동경이 있기 때문에 어디론가의 떠남을 늘 꿈꾸죠. 그러나 일상을 피해 달아난 그곳에서조차 또 다른 일상에 갇혀 있는 자신을 발견하게 될 뿐입니다. 존재, 그 자체가 바로 일상인 까닭에. 어쩌면 그래서 일상은 가장 우선되고 지켜져야 하는 것인지도 모를 일입니다. 여행은 그 엄숙한 일상을 위한 충전의 시간이 되어야 하구요. 혹시 일탈을 원해서 이곳에 남기를 원한다면 먼저 일탈을 꿈꾸었던 선배의 궤변을 좀 참고하시라구요."

이야기를 끝내면서야 비로소 내가 여자에게 내내 예민했던 이유가 어렴풋이 다가왔다.

대학을 졸업할 무렵 줄곧 내 옆자리를 지켜오던 그녀는 나와의 관계가 보다 구체화되기를 원했다. 수순대로라면 남자가 청혼을 해야 하는 시기에 와 있었던 거다. 그녀가 결혼을 바라는 마음을 감추지 못할 즈음에 나는 헤어짐을 택했다. 캠퍼스커플로 알려졌던 그녀와 내가 헤어진 이유가 내 탓이라는 것에 화살이 쏟아졌지만 그래도 내게는 그편이 나았다. 그녀와 함께하고 싶었던 열망에 밤을 지새우기도 했던 내가 굳이 헤어짐을 선택한 이유는 분명했다. 혼자만의 일상마저도 버거워하는 내 삶 속에 결혼이라는 일상을 중첩시켜 감당해 나갈 자신이 없었기 때문이었다.

그녀와 헤어진 그 무렵, 그럼에도 후유증은 깊었는지 나와 연결된 모든 게 시들해졌다. 그길로 배낭을 둘러매고 떠났던 낯선 여행길에서 나는 자주자주 블랙홀처럼 사라짐을 꿈꾸고 혹은 그곳에서의 정착을 꿈꾸기도 했다.

그때 나는 진정 바람이고 싶었다. 무엇에도 구속되지 않고 어디서든 머물지 않는 바람의 속성에 현혹되어 바람을 좇아 흘러 흘러가고 싶은. 그러나 어느 순간, 더 이상 바람을 좇을 수 없다는 걸, 또 내 가족사가 휘청일 때 나 또한 간단없이 내동댕이쳐진 거처럼, 바람으로 인해 그저 이리저리 휘불렸다는 걸 알게 됐을 뿐.

그 이삼 년 후 나는 돌아왔고 다시 살아낼 이유들을 찾아냈다.

누구나 한번쯤 겪게 되는 과정이더라도 여자의 병은 예전의 나만큼이나 깊어 보였다. 비 오는 세느 강변, 퐁네프 다리의 연인들이 그려내는 풍경은 더할 수 없이 정겨웠다. 둘이 쓰기에는 비좁았던 우산 탓에 한쪽 어깨가 흠씬 젖었다. 내일은 일정의 마지막 날이다.

그녀가 나를 향해 손을 흔들게 될까 봐 조마조마한 심정이 되어 차창 밖을 바라보는 동안 여자는 내 옆에 와 얌전히 앉았다. 항공편 예약이 안 되었던 거다. 영국에서 시작됐던 일정은 영국으로 다시 돌아와 끝이 났다. 일행이 히드로 공항에 도착해서 서울로 가는 비행기를 기다리는 동안 무려 다섯 시간이 남아 있었다. 면세점에서 몇 가지 물건을 사고 의자에 앉은 채로 잠이 들었다가 퍼뜩 깨어 시계를 보니 보딩 시간 30분 전이었다. 나누어준 항공 티켓엔 게이트 넘버가 없었다. 물어물어 게이트 앞까지 갔을 때 가이드가 나를 보고 반색을 하더니 서연 씨는요 하고 물었다. 그러고 보니 그녀의 모습을 보지 못했다. 탑승시간 10분 전이 되자 기다리다 못한 가이드가 일행을 이끌고 탑승을 시작했다.

흘끗 나를 돌아본 가이드의 눈길에는 분명 서연 씨 좀 하는 의미가 절박하게 담겨 있었다. 나는 초조해졌다. 사람을 불안하게 만드는 여자였다. 내내 술을 마시던 여자는 어쩌면 술에 취해 어디에서 구겨진 채로 탑승 시간을 생각도 못하는 게 아닌가. 가까운 화장실을 찾아보고 뒤이어 가이드와 함께 달려온 몇몇 사람과 면세점을 돌아봤지만 여자의 모습은 어디에서도 보이지 않았다. 가이드가 울음을 터트린 건 그때였다.

제가 너무 방심했어요. 정 선생님이 잘 돌봐주시는 것 같아서 한시름 놓았는데 서연 언니, 부모님과 동생을 지난여름 휴가 중에 사고로 잃었어요. 기분전환을 시켜주고 싶어 제가 오자고 한 여행이었거든요. 프랑스에 남겠다고 할 때부터 불안해서 오픈티켓은 알아보지도 않았는데.

보딩 시간은 이미 지났다. 항공사에서 여자를 찾는 안내가 방송되기 시작했다. 상황을 설명하라고 가이드를 올려보내고서야 제정신이 든 나는 거꾸로 물었던 담배를 주머니에 넣었다. 아마도 이 비행기는 제시간에 이륙하지 못할 거다. 가이드가 요청을 할 것이고 그 뒤에 벌어질 일은…….

가방을 쥔 손에 축축하게 땀이 배어들었다. 나는 의자에 주저앉았다. 눈으로 본 건 잊을 수 없다던 여자 앞에서 변을 당했을 가족들. 누구든 정면으로 보려 하지 않던 여자의 눈빛이 아프게 떠올랐다. 단순히 일탈을 꿈꾸었던 게 아니라 그녀는 살아있음을 견디고 있었던 거다. 갑작스런 가족 구성원의 해체로 평온한 일상을 잃은 후에 걷잡을 수 없이 그녀에게 다가들었을 상실감. 상실로 인한 불행을 느끼고 감당하는 건 세상에 남은 자의 몫이 아니었던가. 여자는 영어를 한 마디도 하지 않으려고 했었다. 게이트 번호도 없는 탑승권 때문에 그녀가 헤매고 있을지도 모른다는데 생각이 미치자 나는 벌떡 일어서 왔던 길을 되짚어가기 시작했다. 경황없이 뛰는 내 얼굴에서 땀방울이 흘러내렸다. 내게 메이데이를 보냈을지도 모를 여자를 내 틀이 깨지는 게 두려워 모른 체 버려둔 것이 아닌가 하는 자책이 파도가 되어 나를 덮쳐왔다.

키 큰 여자는 모두가 그녀로 보여지던 그때 실루엣처럼 다가드는 흰 베레모가 있었다. 여린 몸매에 하전한 걸음걸이를 확인한 순간 나는 뒤돌아섰다. 온몸의 긴장이 일시에 풀려왔다. 가이드가 어떻게 말을 했는지 승무원들은 미소 띤 얼굴로 우리를 맞았다. 여자는 몸을 몇 번 뒤척였을 뿐 기내용 무릎덮개를 어깨까지 끌어 쓴 채 혼곤히 잠들어 있었다. 간혹 잠들어 있는 그녀의 모습을 확인하면서 나는 두 편의 영화를 보고 맥주를 마셨다. 눈두덩이 뻑뻑해졌지만 좀처럼 잠을 이룰 수가 없었다. 나는 여전히 여자의 목에 감겨져 있는 야수의 발톱을 끌러 주머니에 구겨 넣었다. 이제 곧 인천공항에 도착할 것이었다.

"눈으로 본 건 다 잊어버리고 이제는 기억하고 싶은 것을 스스로 담아봐요."

공항에 도착해 나는 그녀의 어깨에 내 카메라를 걸쳐주었다. 여자는 잠시 나를 곧게 응시하더니 몸을 돌려 홀연 사람들 틈으로 사라져버렸다. 의외로 안온한 눈빛이었다. 일정이 다 끝나버린 이 마당에 돌아가는 그녀를 보고 있을 이유도 내겐 남아 있지 않았다. 내가 해줄 수 있는 건 단지 카메라를 들려주는 것, 그것뿐이었다. 무대 위의 연극이 끝나면 주인공의 배역도 사라지는 거처럼 여주인공과 용케 사랑에 빠지지 않고 최선을 다한 배우로 나는 남을 거다.

며칠 후 늦은 밤, 여행을 다녀온 후 내내 나를 붙들고 놓아주지 않는 여자를 도리 없이 만나고 있던 중이었다. 나는 갑자기 내 뒷덜미를 잡아채는 목소리에 마치 몽블랑 정상에 섰을 때처럼 머리카락이 쭈뼛 섰다. 쌍둥이에요. 우린 쌍둥이에요. 내 기억의 갈피 속에서 맴돌던 경쾌한 목소리가 또렷하게 되살아왔다. 무엇이든 두 개를 사야만 했던 오래전 사랑한 여자의 목소리였다. 왜 꼭 두 개를 사야 하느냐고 물었을 때 여자가 했던 말이었다. 목소리와 손짓, 그리고 걸음걸이. 나를 내내 잡아두던 실체가 단번에 확실하게 다가서는 느낌에 밤새 잠을 설친 나는 여행사에 전화를 걸어보았다.

가이드는 출근 전이었다. 나는 기다리는 대신 여행사를 찾아갔고 마침 우리를 인솔했던 가이드를 만날 수 있었다.

서연 언니 때문에 오셨죠? 언니는 제 대학 영문과 선배예요. 가족들과 함께 간 여름휴가 중에 쏟아지는 폭우로 계곡에서 발생한 일이었어요. 너무나 졸지에 당한 일이라 언니는 울지조차 못했어요. 세 사람의 장례식이 끝나고 교단에 섰는데 갑자기 책 속의 활자를 읽을 수가 없더래요. 일종의 쇼크 상태로 부분기억상실증에 걸린 거죠. 그때부터 사람을 피하고 술을 마셨어요. 저를 좀 편해 했는데 저희 집이 지방인 탓에 언니 집에서 함께 살았던 때문인 거 같아요. 사실 저로선 이번 여행이 모험이었어요. 히드로공항에서 정말로 언니는 길을 잃었대요. 다급해지니까 영어가 나오더랍니다. 제가 기대한 것도 그거였는데. 다음 학기부터는 학교에 나갈 수 있을 것도 같아요. 언니가 이야기를 나눴던 사람은 저와 정신과 의사 그리고 정 선생님뿐이었어요.

더 앉아 있기도 뭣해서 일어서는 나에게 가이드가 여자의 전화번호가 적힌 메모지를 건넸다. 나는 내내 나를 괴롭히고 있는 의구심을 끌어올려 가이드에게 물었다.

"혹시요, 서연 씨…… 쌍둥이 아닙니까?"
"네? 어떻게 아셨어요? 맞아요. 그래서 언니가 더 힘들어했어요. 이란성 쌍둥이였죠. 쌍둥이 사이가 각별하잖아요. 자매가 유난했었죠."
"동생 이름이…… 지연이였나요?"
"예, 맞아요. 언니가 말했었나요? 선생님. 언니에게 전화해 주셨음 좋겠어요. 꼭 해주실 거죠?"
순간, 지연과의 옛 기억이 여자의 얼굴에 오버랩됐다. 머릿속이 암전된 듯 컴컴해지고 현기증이 나면서 갑자기 잇몸이 부딪칠 정도로 덜덜 떨리는 한기가 몰려왔다.

이런 느낌, 내 지난 시간 안의 공간이 그대로 다시 재현된 듯한 그 순간, 누군가 가슴 한가운데를 잘 벼려진 칼끝으로 스윽 찢는 듯 동통이 알싸하게 지나갔다. 나는 자세를 꽂꽂이 하려 안간힘을 쓰며 걸었다. 내게 예정돼 있던 새로운 시간이 멈추고 블랙홀 같았던 과거의 시간이 나를 금방이라도 삼킬 거 같은 두려움에서 멀어지려면 나는 걸어야만 했다.
그러나 나는 알 수 없었다. 내가 현재의 공간을 걷고 있는 건지, 언젠가 지나친 과거의 시간, 또는 아직 도래하지 않은 미래의 시간 안을 걷고 있는지 짐작조차 할 수 없었다. 도무지 시간을 가늠할 수 없는 모호한 상태로부터 달아나고자 나는 걷고 또 걸었다. 명확하던 시간의 경계를 누군가 마구 허문 듯한 허방함에 넘어지지 않고 몸을 가누려면, 오직 걷는 것만이 현재 안의 머뭄 상태인 듯 여겨져 나는 걷고 또 걸을 수밖에 없었다.

그 후로 며칠 밤낮을 나는, 지나간 기억을 사정없이 헤집는 바람소리와 천둥소리를 고스란히 들어야만 했다.

내게는 확고하게 그리는 내일의 내가 있었다. 퇴근 후 들어선 내 공간에서 쳇 베이커의 읊조림, 헤페바이스비어 한 캔과 그저 시선을 줄 바보상자와 몸을 기댈 소파만 있으면 그만인 곳에서 홀로 나이 들어가는 하루. 그러나 자못 엄정히 못 박아놓은 내일이었다. 그러므로 집요하게 나를 붙들고 놓아주지 않는 잔상에도 박제된 짐승인 듯 여자를 향해 움직일 수 없었다. 너무나도 뻔한 톱니바퀴처럼 돌아갈 일상을 덜컥 내 하루 안에 들여놓게 될 거 같은 불온함으로부터 가능하면 멀리 도망치고 싶을 뿐.

회사의 사정은 나날이 불안해져 갔다. 서두르지 않으면

도태될 거 같아 제3국에 공장 설립을 계획하느라 야근이 계속됐다.

집으로 돌아온 나는 라면 한 젓가락을 들다가 붉은 램프가 깜박이는 응답기의 버튼을 눌렀다. 제 소리를 오래 참고 있었던 현악기의 파들거림처럼 맑은 떨림이 느껴지는 여자의 목소리가 바로 내 곁인 듯 들린다.

당신에게 결국 전화를 하게 되는군요. 안개 속에서 길을 잃었던 때 생각나세요? 그때 당신의 유창한 영어 덕에 우리는 숙소로 돌아갈 수 있었지요. 완벽한 길 잃어버림을 나는 꿈꾸었는데, 그런 상황에서 만난 새 길에서 평화를 되찾을 수 있을까 싶어서요. 그런 내게 당신은 걸림돌이었지요. 내내 나를 놓치지 않았던 당신의 시선, 그 어느 곳으로든 갈 수 있는 트랜짓을 위해 잠시 머물렀던 대합실에서 내가 길을 잃었다고 생각됐을 때 나를 기다려주며 지나쳐 갈 수 없었던, 당신은 내게 누구였을까요. 당신의 말대로라면 엄숙한 일상, 어떻게든 꾸려볼게요.

그 목소리는 서연 또는 지연 그리고 종내는 스스로가 외치는 또 다른 나를 향한 간절한 부름의 소리처럼 들려왔다. 내 귓가에 그녀가 울리고 있을 종소리들이 깊고 넓게 퍼져

갔다. 누구와도 공유할 자신이 없었던 내 시간 때문에 선택했던 결별.

그런데 이제 다시 내 앞에 선 그녀를 위해 내 시간을 내주어야 하다니. 여전히 지나간 시간에 살고 있는 내게 찾아온 '시간의 세 겹'*을 나는 기꺼이 마중해야 하는 걸까

여행 중 어머니를 위해 샀던 시계는 슈트케이스에 얌전히 들어 있을 것이다. 그녀의 목에 감겼던 야수의 손톱이 프린팅된 스카프와 함께.

* 아우구스티누스『고백록』

| **평론** |

「자전거 타는 남자」는 씨실과 날실이 직조해 낸 현대인의 소외된 초상

- 고은영

「자전거 타는 남자」는 씨실과 날실이 직조해 낸 그림처럼 정교하게 구성됐다. 문장의 색깔은 선명하고 다채로우며, 은유적이면서도 생생한 묘사는 중편임에도 밀도 있는 시적 긴장감으로 독자를 몰입시킨다.

작품을 읽고 글렌 굴드의 골드베르크 변주곡이 궁금했다. 서치하다 모르는 이의 블로그에서 그가 연주하는 영상을 보았다. 나이로 보면 아마 1981년 판인 듯하다. 아버지가 만들어주었다던 그 의자인가 보다. 낮은 의자에 약간 구부정하게 앉은 그가 어깨높이의 건반을 두드린다. 입으로 허밍 하면서. 한 음 한 음 피아노 소리가 내 가슴에도 공명을 일으킨다. 청중 앞에서 연주하는 걸 낯설어했다는 그였다니 녹음하는 장면인지도 모르겠다. 피아노 앞 낮은 의자에 앉아 연주하는 그의 모습은 어색한 자세로 보임에도 피아노와 한 몸처럼 느껴진다.

스스로의 세계로 완벽하게 빠져들어간, '연주자로서의 고립을 확인하고 그것을 더욱 깊게 축적해 나가는 고독한 독창성'을 드러내는 이 예술가가 처음 이 곡을 연주했던 스물세 살은 일에 있어서 '공격적이고 성취적'인 '그녀'와 정말 닮았을지도 모르겠다. 굴드의 젊은 모습은 섬세하고 아름답다.

글렌 굴드와 그녀가 일란성 쌍둥이라면

글렌 굴드와 그녀가 일란성 쌍둥이라면 그녀와 상대를 예민하게 반응하게 하지 않고는 한두 마디 이상 주고받기가 어려운 '리'는 이란성 쌍둥이 같다. 그녀와 리는 서로를 예민하게 알아본다. '도자기를 다자인하는 그녀의 손'이 '취재 수첩을 넘기는' '머리카락을 쓸어올리는' 그의 손에서 한배에서 자란 듯한 자신의 다른 분신을 알아본 걸까?

그녀의 집에 투숙하는 이들의 사정을 일일이 아는 체하지 않고, 최의 정중한 태도만은 마음에 들어 하며, 언니라고 부르며 친숙한 척 자신의 영역으로 만만하게 침범해오는 것을 싫어하는 그녀는 '말 돌리기, 자르기, 들이대기, 상대방 배려치 않고 입 다물기' 한다는 리의 지적처럼 '불편해지면 껍질 안으로 숨어버리는 달팽이' 같다. 겉으론 씩씩해 보이지만 안에서는 상처를 키우며 홀로 사막을 견디고 있는 달팽이. 유일하게 그것을 알아본 사람이 리다.

의도치 않아도 비가 올 때마다 리를 만나게 되는 그녀. 리를 만날 때마다 울고 싶었던 걸까? 아니면 고독한 자신을 알아보고 끝없이 말을 걸어주는 리를 만나 그제야 울음을 터트릴 수 있었던 걸까. 리를 만난다는 건 고독한 자신을 알아보는 것과 같다. 외면해도 유일하게 자신 안으로 비집고 들어와 함께 있어 준 이는 리였고 글렌 굴드였고 하나밖에 없던 찻잔이었고 외면하고 돌아선 자신의 창작이었다.

'차는 강을 가로지르는 다리를 통과한다. 한눈에 매료되었던 다리. 푸른 빛의 요염한 자태로 서 있는 그 다리는 분명, 에로티시즘을 염두에 두고 설계되었을 것이다. 그녀는 그 다리를 지날 때마다 일상사에 묻혔던 갈망이 조용히 일어서는 것을 느낀다.'

자신을 욕망하게 하고 갈망하게 하고 위안이 되고 독창적이게 했던 이 모든 것들이 있음에도 그녀는 외롭다. 방문객의 신분으로 사막 같은 타지에 혼자 서 있다. 왜? 그녀는 '도보 이용이 세상을 딛는 확실한 자신의 방식이라 믿는 남편'

에게서, 즉 일상을 함께하는 가장 가까운 '타자'에게서 자신이 소외되었다고 느끼기 때문에.

남편과 박으로 대변되는 '타자'들은 '한번 틈을 보여주면 어떻게든 비집고 들어와 자신의 영역을 넓혀가는 부류'이며, '궁금한 것은 참지 못하는 성격이며', '뭔가 대가가 있어야 움직이고', '알량한 임대비는 물론 식사까지 해결하려 할 만큼' 뻔뻔하게 그녀, 즉 예술가의 영역으로 수시로 침범해 들어오는 일상을 닮았다.

'홍차 잔을 들여다보는 그녀의 눈길이 잔이 깨질 것처럼 날 서 있다'가 이 타자에 의해 그녀가 디자인한 하나밖에 없는 찻잔까지 산산이 깨져버렸을 때, '그녀의 눈이 안압이 올라 붉게 충혈되고', '뜨거운 것이 목울대에 치받힌다.' 그럼에도 함부로 물리치지 못한다. 왜? 타자 그들마저 곁에 없으면 그녀 혼자 철저히 고립됨을 아니까.

그러나 긴장은 고조되고 결국은 폭발하고 만다. 무신경한 타자들에 대한 놀람과 공포감, 참을 수 없는 분노는 소통의 단절을 견디다 못해 악다구니가 되어 고함치는 그녀의 몸부림이다.

드러내지 않았으면 버림받은 상처로 왜곡된 채 계속 그녀 안에 있었을. 그러니 그녀의 '드러냄'은 소통의 시발점이 되었다. 박이 혼자 있을 그녀가 염려돼 보낸 남편의 친구라는 사실을 알게 된 그녀 안에서 '따스한 것들이 스멀스멀 흘러나와 바다를 이루고 그녀가 소외되었다고 생각될 때마다 생긴 수많은 가시들이 뽑혀지게' 된 것이다.

적극적으로 타인에게 건네는 인사

앙드레 가뇽의 음악은 그녀와 타자의 소통을 매개하는 의미심장한 연결점이다. 바로 '청자가 편안한 것이 보편성의 힘을 갖는다'라며 남편이 준 것. 그녀가 앙드레 가뇽을 들을 때마다 실은 그녀는 남편 즉 가까워지고 싶은 '타자'들과 접속을 시도하고 있는 것이다. 그녀가 투숙객들에게 차려주는 수요일의 식탁과 생일상처럼. 그녀가 차리는 식탁은 타자와 소통하길 원하는 그녀가 적극적으로 타인에게 건네는 따뜻한 인사다.

'조개를 넣은 클램차우더 수프, 종종 썬 열무김치와 오렌지, 요플레를 마늘 바게트에 얹은 카나페 그리고 가볍게 구운 쇠고기 산적, 소스에 버무린 채소샐러드.'

'아보카도와 붉고 푸른 파프리카와 맛살, 햄, 오이 등을 길게 썬 것들과 불고기 볶음과 날치알을 모양 좋게 플레이팅 한다. 갓 지은 고슬고슬한 밥을 볼에 담고 싱싱한 양상추를 샐러드 볼에 아무렇게나 뜯어 놓는다. 마지막으로 굴로 맛을 낸 미역국을 뜬다. 그리고 뒷마당의 포도나무에서 수확한 것으로 담근 포도주.'

식탁에서 함께 포도주를 마신 타자들은 그녀가 건네는 인사를 알아차리지 못할 수도, 그녀의 호의를 배반할 수도 있다. 최처럼. 그럼에도 눈으로 보여지는 온갖 색색의 식탁은 입 안에 침이 고이게 하고, 엄마가 해주는 밥 냄새에 노느라 잊어버린 아이의 허기를 깨워 빈 포만감을 가득 채워줄 것만 같다. 소통은 그렇게 사람의 허기를 채워주는 푸짐하고 싱싱하고 화려한 색이 가득한 식탁인 것이다.

'타지에 머물며 그녀 안에 빙하 조각처럼 떠오른 고적함이 한 번에 녹아내리는 녹녹함과 뜨거움을 경험하게 한' 리와의 입맞춤을 뒤로하고 그녀가 남편이 있는 본국으로 돌아가는 이유는 다시 그림을 그리고 싶어서일까? '예술이라는 이름으로 특정인의 기호에 맞게 그리는 단 한 개의 작품이 아니라 앙드레 가뇽의 연주처럼 불특정 다수가 그녀가 디자인한 찻잔을 편히 쓰게 하고 싶은' 열망 때문에.

불임은 각자 자기 속에 머물러 소통이 단절되었을 때는 치유될 수 없다.

불임은 각자 자기 속에 머물러 소통이 단절되었을 때는 치유될 수 없다. 나와 타자와의 연결만이 내 안에서 새로운 생명을 키우고 창조해 낼 수 있음을 그녀는 받아들이게 된 것이다. 남편으로 대변되는 일상 속의 세계를 말이다.

그것은 예술가에게 '타협'이라는 상흔을 남길 수도, 일상 속 속물로 대변되는 '오 의원과 다르지 않다는 것에서 비롯된 부끄러움을 지병처럼 지니고 살아가게' 할지도 모른다. 그러나 자기 안에 속물과 타성을 받아들이는 것은 황폐하고 고독한 사막을 견디게 하는 무기가 될지도 모른다. 그래서 '사막을 견뎌 선인장이 되어 돌아왔다고', '당신의 아랍어 같던 언어를 이해하게 되었다'라며 남편에게 타자에게 일상에게 다시 시작하는 말을 건네려 한다.

글렌 굴드처럼 영원히 자기 안의 쌍둥이와 교감하며 독창적이고 섬세하며 신경증적으로 이 세상을 살아갈 수도 있다. 그것은 리와의 입맞춤처럼 강렬한 자기 안의 오아시스가 될 것이다. 타자와의 소통은 지리함과 타성을 낳을지도 모른다. 그러나 사막에서 혼자 견디지 않을 수 있게 한다는 것은 인간에겐 치명적일 만큼 절실한 일이다. 누가 아는가? 타자와의 사이에서도 오아시스가 발견될지.

죽을 때까지 삶은 끝이 아닐 테니

이 작품은 흥미진진하다. 인물들의 성격과 심리 묘사의 탁월함이 등장인물의 캐릭터를 입체적으로 그려내고 있다. 그래서 나는 그녀가 되어 박에 대해 치미는 짜증을 달래며 그녀의 손가락으로 시디 버튼을 눌러 굴드의 음악을 들으며, 오 의원의 '물컹한 연체동물' 같은 손이 닿을 땐 화들짝 내 손을 치우게 된다.

그래서 '쓸쓸하고 시린 등을 쓸어 준다면 오래도록 리의 품에 안겨 있을 것 같다'는 그녀의 마음이 고스란히 전해져 '사는 것에 대한 걱정이야말로 삶의 한가운데 서 있을 때에야 할 수 있는 일'이라며 '이만한 일로 리에게 안길 수는 없는 것'이라고, '홀로 견뎌야 하는 사막의 시간'이라고 그녀가 자신의 마음을 다질 때는 어쩌면 마지막이 될 내 사랑을 떨궈 놓는 일처럼 마음이 아프다.

실로 이것보다 남편과 다시 만나는 것이, 타자와 소통하는 것이, 타성이 붙을 일상을 받아들이는 일이 더 나은 일이 될까? 삶은 또 나를 속이게 되지는 않을까? 그러나 가보기 전엔 아무도 모름을 안다. 가고 나서 방향을 바꿀 수 있음 또한 안다. 죽을 때까지 삶은 계속될 테니 말이다.

제자들과 공부하는 동안, 꼭 한 번은 함께 여행을 하는 서지희 선생님은 집에서 가져온 여러 재료로 손수 음식을 만들어 우리에게 풍성하고 정갈한 아침 밥상을 차려주셨고, 그 일은 지난 13년간 계속돼 왔다.

「자전거 타는 남자」는 그처럼 선생님이 제자들에게 차려주셨던 식탁처럼 독자에게 건네는 따뜻한 인사이다. 이 작품을 읽고 내가 남긴 글을 읽으신 선생님은 언젠가 소설집을 내실 때 평론으로 수록하겠다고 하셨다. 그리고 꼭 10년 만에 그 약속을 지키게 됐다며 전갈을 주셨다. 부족한 글을 눈여겨봐 주신 선생님께 감사드린다.

고은영은
가슴과 영혼을 건드리는 인상적인 시집과 소설에 밑줄을 그어 왔다.
밑줄 친 문장이 달아날까 봐 문서로 정리해 놓는 것에 즐거움을 느낀다.
현재 서울시립아하청소년성문화센터에서 청소년, 양육자 대상 성교육/성평등 교육사.
대학에서 문예창작을 공부하고 이화여자대학원에서 여성학 전공.

| 닫는 글 |

책에는 책의 운명이 있다

연구소에서 다른 장르를 포함, 공저와 단행본, 이 책까지 네 권의 마침표를 찍으며 같은 경험을 했다. 출간 전, 데드라인의 이 시간은 늘 토가 나올 정도로 텍스트에 코를 박아야만 작업이 끝나는. 하지만 정말 끝난 걸까? 정말! 하고 다시 되묻게 될 정도로 글쓰기는 여름날, 쌀독의 뉘 같아서 고르고 골라도 하염없이 오탈자나 수정하고 싶은 아쉬운 문자가 보인다.

지난번처럼 출간 후, 수정자가 보여 책을 펼칠 때마다 얼굴이 화끈거릴 수도 있다. 그러나 그래도 여기까지, 최선을 다했어라고 말할 수 있는 게 또 책을 쓰고 펴내는 작업의 매력인 듯하다.

여러 날 써온 텍스트가 정성을 들인 한 권의 책으로 단장되어 출간됐을 때 처음 받아든 묵직함, 첫 장을 펼쳤을 때 훅 끼쳐오는 휘발성 냄새는 부끄러움이나 아쉬움 등의 감정을 차치하고라도 무엇과도 바꿀 수 없는, 쓰는 자만 할 수 있는,

단언컨대 황홀한 경험이다.

이 책은 또 어떤 독자들과 만날 것인지, 그중 가장 첫 번째 독자인 내게 이 책은 후일 어떤 의미가 되어 줄 것인지. 책에겐 저마다의 운명이 있고 그건 정성과 비례한다던, 전에 함께 작업했던, 이둘숙 편집자의 말이 생각난다. 텍스트의 오탈자처럼 디자인도 100프로 만족이 없고 한번, 책이 세상에 나오면 작가의 이력이 되는 거처럼 요즘 말로 출판사에게도 빼박이 이력이 되면서 수정이 쉽지 않기에 말이다. 그런 이유로 책을 만드는 분들은 더 전문적이고 창의적이고자 하고 그래서 나는 그분들께 늘 존경을 품고 있다. 편집 과정에서 세세하게 의견을 나눌 수밖에 없는 작업이기에 그 과정은 또 얼마나 중요한가.

그런 의미에서 「자전거 타는 남자」 소설집을 곱게 여며주신 '달의뒤편', 지금까지 세 권의 작업을 함께하며 책 만들기에 대한 애정이 늘 한결같은 이헌건 편집장님께 고마운 인사를 전한다. 여러 의견을 계속해 낼 수밖에 없는 작가의 제

안을 정리해주신 서용석 디자이너께도 함께해 좋았다는 인사를 전한다.

감사의 인사를 전하는 시간

이제 등단 후 만난 분들께 감사의 인사를 전해야 하는 시간이다.

시상식 때 그 자리에서 천만 원을 현금으로 시상해주셔서 놀랐고, 또 그 당선 시상금이 그분이 매해, 단독으로 희사하시는 거라는 걸 알고 더 놀랐던 진주가을문예 김장하 이사장님. 무슨 말을 해야 우리 작가들의 감사함이 그분께 전해지고 그 깊은 뜻에 보답하는 길이 될까.

원고를 출판사에 보내고 진주가을문예가 문을 닫는 것과 동시에 스물일곱 번째 시와 소설 당선자를 배출하는 마지막 시상식장에 다녀왔다. 김장하 이사장님의 소회를 듣고 문우들의 소회를 들으며 우리 작가들은 함께 먹먹해졌다. 서울에서 진주로 갈 때만 해도 김장하 이사장님의 훌륭한 가치를 우리 작가들이 이어받는 것에 대해서 내내 생각하고 있던 차에 가을문예를 이어가고 싶어 하는 유관기관들의 제안이 있었다는 것도 알게 됐다. 그러나 윤성효 운영위원장님의 이야기를 들으며 수상금을 출연하는 것 외에도 지난 27년간 가을문예가 지켜온 투명, 공정, 엄정성, 가치관 등 훌륭한 전통을 지켜내는 것이 쉽지 않겠다는 데 동의하는 심정이 됐다.

새삼, 그 상의 권위를 투명하게 지켜내기 위해 김장하 선생님, 박노정·윤성효 운영위원장님을 비롯 관계자 분들이 얼마나 일관된 노력을 해오셨는지 다시금 일깨운 고맙고 아쉽고 송구한 시간이었다. 재단을 해산하며 김장하 선생님이 경상국립대학교에 재단기금 34억을 기부하며 한의사로서 아프고 괴로운 환자에게 받았던 돈을 가치있게 쓰고자 하신다는 소식을 뉴스를 통해 접했다. 이미 오래전 사학을 설립해 나라에 기부하셨는데 다시 기부라니. 이 책을 갈무리하며 다시 접한 귀한 뜻에 고개가 저절로 숙여졌다.

김영미 시인의 말처럼 친정 같은 곳을 잃은 우리에겐 선

후배가 여전히 함께하고 있으니 고마운 일이다. 작가들의 건필을 빈다. 딱히 출간이 목적이 아니었던 매일쓰기가 나를 소설가로 불러준 분들께 보내는 답장과 같은 것이었던 것처럼.

홀로 계속해 쓰는 작업에 내심 지쳐 있을 무렵, 우연처럼, 운명처럼 심사위원이셨던, 수상전에는 한 번도 뵌 적 없었지만 이미 「순이 삼촌」 등 작품을 통해 존경하고 있던 현기영 선생님이 「자전거 타는 남자」를 불러주셨을 때 얼마나 놀랍고 영광이었던지. 선생님 덕분에 이 창작집을 펴내게 됐다. 말씀을 드리기도 민망할 정도로 격조했지만 늘 감사를 잊지 않고 있다는 진심을 전한다.

지난 13년간 글쓰기를 인연으로 만난 인사동 문우들, 나도 알 수 없는 심정으로 하염없는, 그대들을 향한 애정으로 늘 그대들을 궁금하게 해주는 내 힘의 원천. 내 사랑하는 모든 그대들과 함께한 시간에도 깊은 고마움을 전한다.

선뜻 평론 글을 내어 주신 고은영 문우, 강영 작가님께도 각별한 마음을 전한다.

특수대학원이라는 명패가 반갑지 않다던 동기들의 이야기에도 불구하고 나는 주경야독을 하던 명지대학교의 문예창작학과 특수대학원 교수님들과 학우들 그리고 그 밤교실을 잊지 못한다. 교실 안을 오가던 교수님과 학우들의 문장 부호들이야말로 작가로서의 내가 생생히 살아 있음을 일깨워 주었기에.

늦은 밤. 수업이 끝나고 낯선 언어로 충만한 머리를 식히며 계단을 내려오면서 만났던 달무리. 축제 때, 이제는 너무 일찍 고인이 되신, 나를 불러 소설이 아닌 시를 써야 한다고 하셨던, 기실은 쓰지 못했던 건데 쓰지 않는다고 나중에는 미워까지 하셨던 김석환 교수님과 즐기던 동동주. 남진우 교수님과 우루루 몰려갔던 종강 파티. 이재명 교수님과 희곡을 공부하며 여러 번 함께 관람한 연극. 언젠가 이상문학상을 수상하실 거라 예언했을 때 아니야를 연발하시더니 결국 수상하신 손홍규 작가님과의 수업 후 뒤풀이.

최고의 시설이라 해도 좋을 대학원 도서관에 학우들과 앉아 글을 쓰노라면 나는 이미 좋은 원고를 쓰는 작가인 듯했다. 그 교실에서 주의를 기울여주셨던 남진우 교수님, 이재명 교수님, 손홍규 작가님, 이신조 작가님께도 감사함에 검색으로 안부를 여쭙고 있다는 말씀을 전한다. 내 누추한 글의 힘이 되어 주신 문창 학우들, 어디서든 쓰고 있고 쓰는 일로 소식을 들을 수 있기를 바라마지 않는다.

국민대학교 대학원 조중빈·조유선·안상현·성동권 교수님께도 감사하다는 말씀을 아니 전할 수가 없다. 내내 의도치 않게 가르치며 살아와야 했던 사람인지라 어디서든 글을 함께 읽고 싶어 찾아간 학교에서 뜻밖의 잊을 수 없는, '벤야민'을 다시 읽고 '몸사랑'을 배우며 조건 없는 환대를 교수님들께 배웠다. 스승은 어찌해야 하는지를 다시 일깨운 위로는 물론, '지식 아래 사람'이 아닌 '지식 위의 사람'이란 내 평소 가치를 확인받던 시간, 무한한 감사를 드린다.

세계적인 팬데믹 사태로 만나지 못한 아쉬움이 컸지만 종합시험이 끝난 후, 텅 빈 교사에서 편의점 음식을 먹으며 얼굴 못 봤던 그리움을 수다로 풀던 학우들이 있다는 것만으로도 위로가 됐다.

곁을 지켜주던 J와 무엇과도 바꿀 수 없는 든든한 라파엘과 미카엘라, 끝없는 응원과 사랑을 전한다. 존경하는 오라버니와 언니, 사랑하는 조카 다섯 명의 삶과 함께할 수 있어 얼마나 내 삶이 풍요로운지, 한없는 고마움을 전한다.

비바람이 칠 때도 늘 함께해주는 친구 희운, 동희에게도 뜨거운 감사를 전하고 문득 멀리, 뉴욕에 있는 신윤아 작가가 보고 싶다.

늘 곁에 함께하시는 것을 때때로 느끼는 내 부모님들, 하늘에서도 누군가에게 선한 영향을 끼치고 계실 것 같은 구본형 선생님, 내 하느님의 덕으로 계속해서 살아올 수 있었다는 걸 잘 알고 있다.

그간 이러저러 찾아준 분들에 의해 창작집을 낼 기회가 두어 번 있었지만 막상, 계약 전, 민망함에 접어둔 내 졸고는 어쩌면 영원히 서랍 속 원고로 잠들 뻔했다. 여전한 부끄러움을 애써 뒤로 하고 첫 창작집을 엮는 스스로에게도 한 발을 내딛어주어 고맙다는 말을 전한다.

말하지 않으면 속엣말이 되어 전할 길이 없다는 걸 이제는 알기에 등단 후 지난 13년간, 감사의 빚을 가름하느라 인사가 길었다.

미시적 글쓰기

이번 출간을 계기로 써 두었던 원고를 살펴보며 사랑을 주제로 다작을 했다는 게 스스로도 믿어지지 않았지만, 다음 소설집은 사랑의 다양성에 관한 이야기가 될 것이다.

개인이 행복해야 우리 사회가 행복해진다고 믿고 있어 당분간은 미시적 글쓰기를 계속하게 될 듯하다. 어제처럼, 오늘도, 내일도 내가 글을 계속해 쓰는 건 단 하나의 이유다.

아직도 말실수를 해서 상처를 주고받는 건 물론, 사는 것에 여전히 서툴고 부족한 나. 번번이 일천한 글쓰기에 절망하고 부끄럽겠지만 그럼에도 나는 누군가의 아픔을 전한다며, 생을 마치는 날까지 작품을 구상하셨던 이윤기 선생님처럼 계속해 쓸 것이다. 하마, 쓸 수 없게 되는 날까지.

내 존재의 이유가 그것이었다는 걸 날이 갈수록 알게 되고 있으므로, 느리지만 한결같은 외사랑으로 더 나은 소설을 쓰고자 미메시스는 계속될 것이다. 성탄절 무렵에 선물처럼 책을 엮게 됐다. 우리 모두에게 아기예수님이 전한 평화가 새해 내내 함께하길 간구하며 두손을 모은다.

2021년 성탄절 즈음에,

인사동에서 서지희